特急「富士」に乗っていた女

西村京太郎

祥伝社文庫

目次

1　一枚の名刺

1

後になって考えると、最初の電話は、一か月ほど前だったと、十津川は思う。

その時、警視庁捜査一課に掛って来た電話は、

「十津川警部という方が、いらっしゃいますか？」という女の声だった。

若い西本刑事から、受話器を受け取って、十津川が、出た。

「十津川ですが」

と、いうと、相手の女は、

「警部さんですか？」

「そうです。私に、何かご用ですか？」

「警部さんの部下に、北条早苗という女の刑事さんが、いらっしゃいますか？」

と、相手が、きく。

（ああ、彼女のことを聞きたいのか？）

と、十津川は、思いながら、

「おります。一年前から、こちらに配属になっていますが」

「どんな娘さんでしょうか？」

「ちょっと待って下さい」

十津川は、送話口を手で押さえて、北条刑事の机に眼をやったが、今日は、非番で休みだったのを思い出した。

「彼女のことを、なぜ、調べておられるんですか？　結婚調査か何かですか？」

と、十津川は、きいた。

北条早苗は、確か、今、二十六歳だった筈である。結婚話があっても不思議は、なかった。

「まあ、そんなところですわ」

と、女は、いった。

「美人で、性格のはっきりした女性ですよ。仕事にも熱心ですしね」

十津川は、結婚話なら、ほめておかなければと思い、あわてて、いった。

「独身であることは、間違いありませんわね？」

「もちろんです」

「北条さんは、眼の大きな、色の白い、背の高さは、百六十センチくらいの女の方ですわね？」

「そうです」

「それを聞いて、安心しましたわ。北条さんには、私が、警部さんに電話したことは、内緒にしておいて頂けませんでしょうか」

と、相手は、いった。

「なぜですか？」

「私どもが、早苗さんを疑っていると思われると、困りますから」

「しかし、私は、そちらの名前も知りませんがね」

「早苗さんに、幸福になって頂きたいと思っている者ですわ」

と、女はいい、電話を切ってしまった。

十津川は、首をかしげながら、亀井刑事に、今の電話のことを、話してみた。

「そりゃあ、私立探偵社か、興信所の人間ですよ」

と、亀井は、あっさり、決めつけた。

「そうかねえ」

「北条刑事がつき合っている男の両親が、探偵社か興信所に頼んで、彼女のことを、調べて貰っているんだと思いますよ。私の親戚でも、そういうことがありましたから」

「電話の主は、女だったがね」

「最近は、女性の調査員が、多いんです。特に、結婚調査の場合は」

と、亀井は、いった。

翌日、北条早苗が、出勤して来たが、十津川は、電話のことは、話さなかった。

その代り、喫茶室に誘って、

「君も、年頃だから、結婚話があるんじゃないのかね？」

と、きいてみた。

早苗は、特徴のある大きな眼を、ぱちぱちさせて、

「今は、仕事のことで、頭が一杯で、結婚のことなんか、考えられませんわ」

と、いった。

その時、十津川は、早苗が、照れ臭くて、否定したのだと、受け取った。

二十六歳の若い女である。つき合っている男がいないほうが、おかしいのだ。男の側の

両親にしてみれば、相手が刑事ということで、いろいろ考えて、調査を頼むのは、大いにあり得るのだ。

2

それから十日ほどして、同じ女の声で、電話が、掛った。

その時も、北条刑事は、非番で、休んでいた。

「先日は、早苗さんのことで、いろいろと教えて頂いて、ありがとうございました」

と、相手は、丁寧(ていねい)に、礼をいってから、

「刑事さんは、皆さん、名刺をお持ちなんですか？」

と、きいた。

「名刺？」

「ええ、早苗さんも、名刺を持っておられると思いますけど」

「持っている筈ですよ」

「警視庁刑事部捜査一課、巡査、北条早苗という名刺でしょうか？」

「肩書きは、そうなっていると思いますね。その名刺が、どうかしたんですか？」

と、十津川は、きいた。

「それなら、よろしいんです。どうも、ありがとうございます」

と、相手はいい、すぐ、電話を切ろうとする。

十津川は、あわてて、

「まだ、そちらの名前を聞いていませんがね。北条刑事の結婚調査だとすれば、どこの探偵社か、興信所か、教えて下さい」

と、強い声で、いった。

しかし、相手は、

「それは、ちょっと申し上げられませんわ」

と、いっただけで、電話を切ってしまった。

十津川は、腹立たしかったが、何といっても、部下の刑事の幸、不幸に関係してくることである。怒ってばかりいても、仕方がないと思い直し、翌日、早苗が出勤してきたところで、今度は、電話のことを、話した。

早苗は、笑いながら聞いていたが、次第に、青ざめていって、

「大変な誤解ですわ」

と、十津川に、いった。

「誤解というと？」

「前にも申し上げましたが、今の私は、仕事のことで精一杯で、結婚のことなんか、考えられないんです。第一、そんなつき合いをしている人もいませんわ」

「しかし、全く男性とつき合いがないわけじゃないだろう？　君は、魅力的な女性だから、君が、何とも思っていなくても、相手が、熱をあげて、結婚したいと、考えているかも知れないよ」

「ありがとうございます。ですが、いくら考えても、そんな相手の心当りがないんです」

早苗は、当惑した顔で、いった。

「君の知らないうちに、向うさんが、一目惚れしたというやつかも知れないな」

と、亀井が、口を挟んだ。

「それで、どこの誰だろうかと考え、探偵社か、興信所に、調べてくれと頼んだということかね？」

と、十津川が、いった。

「そうです。そういうケースが、考えられますよ」

と、亀井は、いってから、早苗に向って、

「君の住所は、確か阿佐ケ谷だったね？」

「はい。地下鉄の南阿佐ケ谷近くのマンションです」

「すると、通勤は、地下鉄丸ノ内線か？」

「はい。南阿佐ケ谷から、霞ケ関（かすみがせき）に出て、あとは、ここまで、歩いています」

「朝、乗る時間は、だいたい、決っているんだろう？」

「事件がなければ、いつも、ほとんど同じ時間に、乗っていますわ」

「多分、その電車で、君に一目惚れした男がいるのさ。それで、探偵社か興信所に、身元を調べて貰うことにしたんだな」

「私のことを知りたければ、直接、聞けばいいのに」

と、早苗が、怒ったような顔で、いった。

「最近は、気の弱い青年が、増えているようだからね」

と、亀井は、笑った。

「でも、私自身の知らない間に、自分のことが、あれこれ調べられているのは、不愉快ですわ」

早苗は、眉をひそめた。

「女調査員は、君の名刺のことも、いっていたよ。どこかで、手に入れたらしい」

と、十津川が、いうと、早苗は、

「私の名刺ですか？」

「君が、ここへ来てから一年になる。その間に、何枚ぐらいの名刺を、使っているかね」

「事件の関係者に、あとでこちらに連絡してくれるように頼む時に、渡したりしていますけど、せいぜい、五、六十枚だと思いますわ」

「各県警との懇親パーティの時にも、渡しているんじゃないのか？」

「はい。何人かの方と、交換したのは、覚えていますわ」

「調査員は、その中の一枚を、手に入れたらしいよ。名刺の肩書きが正しいかどうか、聞いていたからね」

と、十津川は、いった。

「何だか、気持が悪くて仕方がありませんわ」

早苗は、真剣な顔でいった。が、亀井は、笑いながら、

「君を見そめた相手は、ひょっとすると、とてつもない資産家の息子かも知れんよ。そのうちに、突然、君のマンションに、その両親が、ロールス・ロイスで乗りつけて来て、ぜひ、息子の嫁になってくれと頼むんじゃないかね。警視庁の刑事なら、身元もしっかりしているし、両親としては、安心だろうしね」

と、いう。

「それでも、不愉快ですわ」

早苗は、相変らず、眉をひそめていた。

3

そのあと、結婚調査の電話も掛らなくなったし、事件が続発したりで、十津川は、この話を忘れてしまった。

早苗も、何もいわなかった。

六月十四日のことである。

珍しく、早苗が、無断欠勤した。

午後五時近くに、彼女から電話があったが、十津川が、席を外していたので、西本刑事が受けた。

「あと、二日間、十五、十六日と、休ませて欲しい、ということでした」

と、西本が、いった。

「理由は、何だね？」

と、十津川は、きいた。身体（からだ）が悪いというのでもあれば、心配だからである。

「聞きましたが、いいませんでした。何か、急いでいる様子で、電話を切ってしまいましたが」

と、西本は、いう。

「おかしいね。理由もいわずに休んだりするのは」

十津川は、首をひねった。

病気なら病気というだろうし、友人と旅行するのなら、そういう筈である。頭もいいし、はっきりと、ものをいう女性なのだ。

気になって、十津川は、早苗の自宅マンションに電話をしてみたが、彼女は、電話口に出て来なかった。外出してしまったらしい。

「私が、帰りに、彼女の家に、寄ってみましょうか？」

と、西本が、十津川に、きいた。十津川が、心配そうな顔をしていたからだろう。

「そうだね。病気でいることはないと思うが、念のためだ。頼むよ」

と、十津川は、いった。

その日、十津川が、自宅で、妻の直子と、夕食中に、西本から、電話が、入った。

「今、北条君のマンションに、寄って来ました」

「どうだったね？」

「留守ですね。管理人に聞いてみたんですが、わかりません。急用が出来て、出かけたのかも知れませんが、行先は、不明です」

「彼女の郷里は、どこだったかね？」

「確か、福井(ふくい)だったと思いますが」

「郷里へ帰ったのかな？」

「それなら、帰って来ます、という筈なんですが」

と、西本は、いった。

「そうだな」

十津川は、よくわからないままに、電話を切った。

「何か、心配ごとですか？」

と、妻の直子が、きいた。

「北条という女性刑事のことでね」

十津川は、早苗のことを、話した。

「しっかりした娘で、理由もいわずに、三日間も、休みを取るのは、おかしいんだ。それで、何かあるんじゃないかと思ってね」

「結婚のお話があるんでしょう？」

「それは、どこの誰かわからないが、勝手に、探偵社か興信所を使って、彼女のことを、調べていたんだよ。北条君も、怒っていたがねえ」

と、十津川が、いうと、直子は、ニコニコ笑って、

「でも、本気で怒っていたかどうかは、わかりませんよ」

「そうかね」

「年頃の女は、いくつ結婚話があっても、嬉しいもんですよ。早苗さんも、内緒にしていた結婚話が、急に具体化して、相手の方の両親に、会いに行ったんじゃありませんの？」

「そんな目出たい話なら、なぜ、内緒にしているのかな？」

「それは、あなたに、今は仕事のことしか考えていませんと、いってしまった手前があるからじゃないかしら？　そのうちに、一身上の都合で、退職したいって、いってくるかも知れませんよ」

直子は、楽しそうに、いった。

確かに、年頃の女性というのは、そんなものかも知れないと、十津川は、半分、直子の言葉に肯きながら、半分、納得できずにいた。

十津川も、四十歳である。二十代の若い女性の気持がよくわかるとは、いい難い。しかし、北条刑事が、捜査一課に来て一年が、過ぎている。

いくつかの事件で、一緒に働いて、彼女の性格も、かなりわかっているつもりだった。

結婚調査の話をしたときの彼女の反応は、嬉しさを隠して、照れている感じではなかった。

本当に、戸惑い、腹を立てているように、見えたのである。全く、覚えがないという感じだった。

そんな相手と、急に話が進んで、男の両親に会いに行ったりするものだろうか？

「まだ、心配なんですか？」

と、直子が、きいた。

「考え過ぎならば、いいんだがね」

と、十津川は、いった。

この時、六月十四日の午後七時十六分だった。

4

同じ頃、十四両編成の下り寝台特急「富士」は、次の停車駅の熱海に向って、走り続けていた。

A個室寝台一両、ロビー・カー一両、食堂車一両、あとの十一両は、B寝台である。

1号車から6号車までは、宮崎行、残りは、大分行になっていた。

乗車率約五十パーセントで、一八時二〇分に、東京駅を発車した「富士」は、大分に、翌日の一〇時五九分、宮崎には、一四時二九分に着く。

一九時四〇分。熱海。

まだ、誰も眠っている者はなく、8号車の食堂車は、乗客で、賑わっていた。食堂車へ行かずに、ベッドに腰を下し、駅弁を食べている乗客もいる。

カメラを持って、車内を歩き廻っているのは、鉄道マニアの少年だろう。

若いグループは、トランプをしたり、お互いに、写真を撮り合ったりしている。

缶ビールを飲んでいる中年の男の乗客もいた。

いつもの夜行列車の風景である。

車掌長の保井は、ゆっくりと、車内を見て廻りながら、今日も、終点まで、何事もなければいいがと、思っていた。

保井は、国鉄時代から数えて、三十年近く、鉄道で働いて来た。その間、いろいろなことがあった。車内で、爆弾が見つかったこともあるし、発電機が焼けて、大さわぎになったこともある。乗客の一人が、途中で、出産して、手当てに、追われたのは、楽しい思い出だった。その時は、あとから、母親になった乗客から、礼状が、来た。

しかし、一番いいのは、何ごともなく、運行されることである。

沼津（ぬまづ）　一九時五八分
富士　二〇時一三分
静岡　二〇時四〇分
浜松（はままつ）　二一時三六分

と、列車は、駅を拾って行く。窓の外は、次第に、暗さが深くなっていった。

二三時四六分に名古屋に着いた。ここは、四分停車である。

二三時五〇分に、名古屋を発車すると、あとは、翌日の午前三時五八分に福山（ふくやま）に着くまで、「富士」は、停車しない。

実際には、機関士の交代などで、途中で停車するのだが、乗客の乗り降りは出来ない。

（間もなく、最後の車内放送の時間だな）

と、保井が、自分の時計に眼をやった時、乗務員室のドアが、ノックされた。

ドアを開けると、若い女性が、立っていた。
二十五、六で、うすいサングラスをかけている。
「お願いがあります」

と、女は、いってから、

「私は、こういうものです」

と、名刺を、差し出した。

〈警視庁刑事部捜査一課　巡査　北条早苗〉

と、印刷された名刺だった。

「刑事さんですか」

保井は、びっくりして、女の顔を見直した。女刑事か、と思いながら、

「どんなことですか」

「私は、人を探しています。この列車に乗っている筈なんです」

「そういわれましてもねえ」

「名前は、山野辺宏ですわ」

「そういわれましても、顔立ちや、背格好が、わかりませんとね」

と、保井は、いってから、

「車内放送をしましょうか？　まだ、十一時までに、少しありますから」

「車内放送して頂けます？」

女刑事、北条早苗は、ほっとした顔で、きいた。

「やりましょう。山野辺さんというのは、どこの方ですか？」

「東京の世田谷に住んでいる男の人ですわ」

「わかりました。北条さんのところへいくようにいえばいいですか？」

保井は、名刺を見ながら、きいた。

「いえ。私が待っているというと、現われない恐れがあるので、他のいい方をして下さい。そうですわね。東京の女性が、待っているといって下さい。場所は、７号車のデッキがいいですわ」

「わかりました。そういいましょう」

と、保井は、いった。

北条早苗が、７号車の方に、戻って行ったあと、保井は、机に向って、座り直してから、マイクに向った。

〈東京世田谷の山野辺さま。東京の女性の方が、７号車のデッキで、お待ちになっています。すぐ、連絡して下さい。東京世田谷の――〉

と、保井はマイクに向って、繰り返した。

5

（山野辺宏というのは、どんな男なのだろう？）

保井は、興味を感じた。

女刑事が、会いたいといっていたから、彼女の恋人だろうか？

いや、恋人なら、自分で、探すのではないか？

それに、刑事であることを隠して、車内放送をしてくれと、いっていた。ひょっとすると、山野辺は、何かの事件の容疑者で、北条早苗という刑事は、彼を追って、この列車に乗って来たのかも知れない。

保井は、そんなことを考えたが、それを、確かめようがない。

それに、そろそろ、午後十一時になろうとしていた。

保井は、もう一度、マイクに向うと、今日最後の車内放送を行った。

〈明朝まで、ゆっくりお休み下さい〉

という言葉で結んで、保井は、マイクのスイッチを、オフにした。

車内の明りも、小さくした。

そのあと、保井は、13号車の乗務員室を出ると、専務車掌の三浦と一緒に、車内を、見て廻った。

最後尾の14号車から、先頭の1号車に向って、通路を、歩いて行く。

たまに、まだ起きていて、缶ビールを飲んだりしている乗客もいるが、たいていは、もう、カーテンを閉め、軽い寝息をたてていた。

13号車の十四の個室は、全部、ふさがっていたが、どの部屋のカーテンも閉まっているから、寝てしまったのか。

7号車のところまで来ると、女刑事のことを思い出して、保井は、三浦に、その話をした。

「どうなったか、何となく、気になってね」

と、保井は、7号車のデッキに立って、見廻したが、もちろん、もう、誰もいなかった。

「呼び出した山野辺というのが、どんな男なのか、興味があるね」

と、三浦が笑顔で、いった。

「犯人を追いかけているという感じでもなかったんだがね」

「婦人警官の、ひそかな恋かな」

「そうだと、楽しいんだがね」

と、保井は、いった。

途中で、もう一人の専務車掌と、一緒になった。

「1号車から5号車まで、異状なし」

と、彼が、いった。

列車は、順調に、走り続けている。

保井は、13号車の乗務員室に、戻った。

（今のところ、何事もなく、すみそうだ）

と、保井は、ほっとした、女刑事の呼び出しも、別に、事件というわけではあるまい。

あれが、事件なら、何か、騒ぎが起きている筈だ。

午前三時五八分、福山。

まだ、外は暗く、ここでは、降りる客もなかった。

三原（みはら）あたりで、ようやく、窓の外が、明るくなってきた。

眠くなってくる頃である。保井は、顔を洗って、眠気をさました。

五時二五分、広島着。もう、完全に、夜が明けている。

何人かの乗客が、朝の広島駅のホームに降りて行った。

更に、一時間近く走って、柳井（やない）駅に着く。

この頃になると、どの車両でも、乗客が、起き出して、顔を洗い、服を着がえている。

そんな7号車で、突然、悲鳴が、あがった。

6

7号車は、二段式のB寝台である。

その端に近い16の下段の寝台で、ワイシャツ姿の男が、死んでいたのである。

駈けつけた車掌長の保井は、白いワイシャツの背中が、血で染っているのを見て、青ざめた。

（落ちつくんだ）

と、自分にいい聞かせ、だらりと、垂れ下っている男の腕をつかみ、脈をみた。

止ってしまっている。

死んでいるのだ。

五、六人の乗客が、のぞき込んでいる。

「次の駅で、連絡をとってくれ」

と、保井は、専務車掌の三浦に、いった。自然と、甲高い声になってしまっている。自分の声とは、思えなかった。

下関駅で、鉄道警察隊と、山口県警の刑事が、乗り込んで来た。

刑事たちは、血まみれの男の身体を、引っくり返し、寝台の隅にたたんであった背広を取りあげた。

保井の眼には、冷静というより、冷酷に見える作業だった。きっと、死体など、見なれているのだろう。

刑事の一人は、男の背広のポケットから、運転免許証を見つけ、その写真と、死体の顔を見比べた。

「本人だね」

と、その刑事が、短くいった。

「東京の人間か」

もう一人の刑事が、免許証を、のぞき込んだ。

「東京都世田谷区成城だ。名前は、山野辺宏、三十歳」

と、刑事が、読みあげるように、いった。

（山野辺？）

保井は、その名前に、記憶がある。彼が、「あれ？」という表情をしたのを、刑事は見逃さずに、

「何か、心当りでも？」

と、きいた。

保井は、昨日、女刑事から、呼び出しを頼まれたことを、話し、北条早苗の名刺を、相手に見せた。

「警視庁の刑事がねえ」

と、中年の刑事は、小鼻にしわを寄せてから、

「この女刑事は、まだ、この列車に、乗っているんですか？」

と、保井に、きいた。

「さあ、わかりませんが」

「じゃあ、呼び出してみて下さい」

と、相手は、いった。

下関は、五分停車である。その間に、死体は、担架にのせられて、ホームにおろされ、山口県警下関署の刑事二人が、車内に残った。

列車は、関門トンネルに向って、走り出した。

保井は、マイクに向って、北条刑事に、呼びかけた。

すぐ、7号車に来て下さいという呼びかけである。

だが、なかなか、北条早苗は、現われなかった。

列車は、そうしている間にも、門司に着き、次の小倉にも、停車して行く。

「来ないね」

「もう降りてしまったんじゃないのか」

「第一、この名刺も、インチキかも知れん」

二人の刑事は、そんな会話をしていた。

保井は、彼等に向って、恐る恐る、

「今、思い出したことがあるんですが――」

と、声をかけた。

「何ですか？」

「A個室の1号室に、確か、あの女刑事さんが、いたような気がするんです」

「間違いありませんか?」

「念を押されると困るんですが、確か、1号室の乗客が、あの人だったような気がするんですよ」

「切符は、どこまでです?」

「確か、大分までの切符を、持っていらっしゃったと思いますが」

「それなら、なぜ、呼び出しに応じて、出て来なかったんだろう?」

刑事が、怒ったような声を出した。

「とにかく、A個室の1号室に、行ってみようじゃないか」

と、もう一人の刑事が、いった。

二人の刑事と、保井が、13号車の通路に入った。

十四ある個室のうち、半分ほどは、もう、乗客が降りてしまっている。

1号室は、ドアが閉まり、ドアについている窓も、カーテンが、閉まっていて、中は、見えない。

保井が、ドアをノックして、「お客さん」と、呼んだが、返事はなかった。

保井が、マスターキーで、ドアを開けた。

狭い個室の、ベッドの上に、若い女が、横になっているのが、見えた。

白いワンピースのまま、寝ているのだ。床に、サングラスが、転がっている。

刑事が、女の肩の辺り(あた)を、ゆすったが、彼女は、起きる気配がない。

「どうしようもないな」

と、もう一人の刑事が、顔をしかめ、洗面台の上に置いてあるハンドバッグを、調べ始めた。

運転免許証や、身分証明書、それに名刺などが、出て来た。

「間違いなく、警視庁捜査一課の北条早苗巡査だよ」

「これは——」

と、片方の刑事が、押し殺した声でいい、床の隅にあった紙袋を拾いあげた。その紙袋に、血がついていたのだ。

中にあったのは、刃の長さが、十二、三センチのナイフだった。

革の鞘(さや)に入っているのを、刑事は、慎重に、抜いてみた。

明らかに、刃の部分に、血がついていた。

「この女に間違いないですか？」

と、刑事は、保井を見た。

「確か、この人でした。この人が、殺したんですか？」

保井は、ふるえる声で、きいた。

「まだ、はっきりしたことは、わかりませんがね」

と、刑事は、いい、溜息（ためいき）をついた。

2　衝撃（ショック）

1

警視庁捜査一課は、激しい衝撃を受けた。

一課の北条早苗刑事が、山口県警下関署で殺人事件の重要参考人になっていると、知らされたからである。

知らせを受けたのが、午前九時五十分。

十時三十分には、十津川と亀井が、警視庁を出て、下関に向っていた。緊急を要したからである。

上層部が、何よりも恐れたのは、マスコミに、どう報道されるかということだった。

現役の刑事が、殺人犯と報道されたら、警察の威信が、地に墜（お）ちてしまう。と、いって、殺人容疑となれば、下関署の捜査に、手ごころをというわけにもいかなかった。

何よりも、まず、真相を知ることが、必要だった。

下関署の電話では、北条刑事は、黙秘を続けているらしい。

二人は、福岡まで、飛行機を使い、博多から、新幹線で、下関に戻ることにした。それが、もっとも早く、現地に着けると計算したのである。

羽田を一〇時五〇分発福岡行のＪＡＬに乗った。

水平飛行に移ったところで、亀井が、

「北条刑事のことで、最近、何回か、警部に電話があった。あれは、今度の事件に、関係ないでしょうか？」

と、十津川に、きいた。

「私も、あの電話のことを、考えていたんだよ」

「確か、北条刑事の結婚話のことでしたね？」

「そうだ。探偵社か興信所が、北条君のことを、問い合せてきたよ」

「特急『富士』の車内で殺されたという男が、その相手だとすると、北条刑事には、不利ですね」

と、亀井は、心配そうに、いう。

「彼女に限って、相手を殺すようなことは、しない筈だよ。いや、出来ない筈だ。ひょっとすると、彼女は、何かの罠にはめられたのかも知れないな」

と、十津川は、いった。

「罠ですか」

と、亀井は、呟いたが、よくわからないという表情になっていた。

十津川だって、罠かも知れないと思っても、具体的に、それが、どんなものか、見当もつかないのだ。

一二時三〇分に、福岡空港に、着く。

空港から、タクシーを飛ばし、一三時〇四分の「こだま542号」に、乗ることが、出来た。

三十分余りで、新下関に着いた。

駅には、下関署の白井という警部が、迎えに来てくれていた。

三十代の若い警部である。

「正直にいって、こちらでも、困惑しています。何といっても、現役の刑事が、関係していますので」

と、白井は、いったが、本当に、困惑しているかどうか、わからなかった。この事件を、面白がっている気配も、見えるからである。

「彼女は、どうしていますか？」

十津川が、きくと、白井は、パトカーに案内しながら、

「何も喋りません。それで、こちらとしては、困っています。何か話してくれれば、対策の立てようもあるんですが」

「彼女は、怪我をしていますか？」

と、十津川は、きいた。

「怪我はしていませんが、睡眠薬を多量に飲んでいて、しばらく、意識が、もうろうとしていました。もう大丈夫ですが」

「殺人を犯して、自殺を図ったと、みているわけですか？」

と、亀井が、きいた。

「いや、われわれは、そうは思っていませんが、新聞は、そう書くでしょうね」

「殺された男と、北条刑事とは、関係があったんですか？」

十津川は、眉を寄せて、きいた。

「その件ですが、向うで、お見せしたいものがあります」

と、白井が、いった。

2

下関署には、「寝台特急富士殺人事件捜査本部」の貼紙がしてあった。

白井警部は、引出しから、一通の手紙を取り出して、十津川の前に置いた。

「これは、北条早苗さんのハンドバッグに入っていたものです。封が切ってありましたので、われわれも、中身を、読ませて貰いました。それを、お読みになれば、被害者と、北条刑事との関係が、わかりますよ」

と、白井は、いう。

十津川は、黙って、封筒を手に取った。

表には、「北条早苗様」と、書かれ、速達になっていた。住所も、間違っていない。

差出人の名前は、「東京都世田谷区成城、山野辺宏」になっていた。

「この男が、被害者ですか？」

と、十津川は、中の手紙を、抜き出しながら、白井に、きいた。

「そうです。所持していた運転免許証から、身元は、わかりました」

と、白井が、いう。

十津川は、手紙に、眼を通した。

〈早苗さん、

あなたと知り合って、一か月になりますが、好きだという気持は、強くなるばかりです。

あなたが、警察官だということも、心配ではありますが、僕の愛情のさまたげにはなりません。

結婚については、考えたいと、おっしゃっていましたが、僕としては、一刻も早く、あなたを、自分のものにしたいのです。

決心してくれませんか。絶対に、あなたを幸福にする自信があります。精神的にも、経済的にもです。六月十四日、僕は、寝台特急「富士」で、大分に行きます。前にも話しましたが大分は僕の故郷で、両親の墓があります。十五日が、母の命日なので、できれば、僕と一緒に行ってくれませんか。僕が、どんなところで生れたか見て欲しいのです。

個室寝台の切符を同封しておきます。個室寝台が、一枚しか買えませんでしたので、僕は、B寝台にいます。

列車で、お会い出来るのを楽しみにしています。是非、来て下さい。

山野辺　宏

早苗様

〉

十津川は、その手紙を、黙って、亀井に渡した。

「それで、二人の関係は、はっきりしたと、思いますが」

と、白井警部が、いう。

確かに、わかったが、それでも、十津川は、慎重に、

「彼女に、話を聞いてみませんとね」

「しかし、列車の車掌長も、証言しているんです。北条刑事が、乗務員室に来て、車内放送で、山野辺宏という人を、探して下さいと、頼んでいるんです。この列車に、乗っている筈だからと、いってですよ。自分の名刺も、車掌に渡しています。だから二人が、あの列車で、落ち合うことになっていたのは、間違いありませんよ」

と、白井は、いった。

「もし、彼女が、山野辺という男が殺されているのを知らずに探していたとすれば、彼女が、無実であることの証拠とは、いえませんか?」

十津川は、きいてみた。

「そうも考えられますが、意地悪く見れば、自分で殺しておいて、わざと、探しているように見せかけたということも、あるわけです。新聞は、そう書くと思いますね」

と、白井は、いった。

十津川は、亀井と一緒に、北条早苗に、会った。

まだ、青白い顔だった。白井警部が、出て行って、部屋に、三人だけになると、早苗は、

「申しわけありませんでした」

と、二人に、頭を下げた。

「詫びる必要はないよ。何があったのかを、話してくれれば、いいんだ」

十津川は、優しく、いった。

「列車の中でのことは、よく覚えていないんです。車掌さんに、車内放送のことを頼んで、自分の個室に戻ったんですが、そのあと、缶ジュースを飲んだら、急に、眠くなってしまいました。多分、誰かが、睡眠薬を、入れておいたんだと思います」

「その缶ジュースは？」

「東京駅の売店で買ったものですわ。少し飲んで、車掌室へ行ったんです」

「その間に、誰かが、君の部屋に入って、その缶ジュースに、睡眠薬を入れたのか？」

「はい。そう思います」

「戻った時、ドアのカギは、かけなかったのかね？」

「車内放送の結果、山野辺さんが来るといけないので、ドアは、開けて、缶ジュースを、飲んでいました」

「君と、山野辺宏という男とは、どんな関係なんだ？」

と、亀井が、きいた。

「関係ありません」

早苗は、きっぱり、いった。

「しかし、この手紙が、君のハンドバッグに入っていたし、君は、『富士』の中で、山野辺宏を探していた。それでも、関係ないというのかね？」

と、十津川が、きいた。

3

「一か月前から、大学時代の友人が、電話で、いよいよ、結婚するみたいねって、いうんです。おかしいなと思っていたら、興信所のようなところから、結婚調査だといって、私のことを、友だちに聞いて廻っていることが、わかりました」

と、早苗は、いった。

「私のところにも、君のことを聞く電話があったんだね。丁度、君が、休みをとっていた時だ」

十津川が、いった。

「そうでした」

「てっきり、私としては、君も年頃だから、結婚話が持ち上っているんだと思っていたんだがねえ」

「違うんです。それでも、最初は、私の親戚か友人が、勝手に、私の相手を探してくれているんだと思いました。世話好きの親戚もいますし、お節介な友人もいますから」

「それも、違っていたのかね？」

と、亀井が、きく。

「ええ。突然、夜中に、男の人から、電話が掛って来たんです。早苗さん、今日は悪いことをしてしまった。お詫びの印に、バラの花を送っておいたといって」

「相手は、自分の名前をいったのかね？」

「私が、どなたですかって聞いたら、ヤマノベだよ。怒っているのはわかっている。本当に、今日は、僕が悪かったというんです。いくら、私が、知りません、人違いですといっても、その男の人は、ケンカをしたので、私が、わざと、冷たく振る舞っていると思い込んでいるんです」

「バラの花は、届いたのかね？」

「はい。翌日、帰宅したら、届いていました。『お詫びの印に、山野辺』と書いたメッセージカードがついていましたわ」

「同姓同名の女性が、その山野辺宏とつき合っていて、彼が、彼女と、君を間違えて、電話して来たということかね？」

「そうじゃないかと思いました。でも、そのうちに、また電話して来て、今日は、すっぽかされたが、やっぱり、警視庁の捜査一課にいると、事件が、突発して、出られなくなるんだろうねって、いうんです」

と、早苗が、いった。

「すると、どこかの女が、君になりすまして、山野辺という男と、交際しているということになるんだね？」

「そう思いました。変ないい方ですけど、私のニセモノがいるんです。警部に、お話ししようと思ったんですが、私個人のことですし、自分で解決したいと、思いました。そんな時、その手紙が来て、『富士』の切符が、同封されていたんです」

「なるほどね。列車の中で、山野辺宏をつかまえて、自分のニセモノのことを、聞いてやろうと、思ったんだね?」

「はい。それに、ひょっとすると、同じ列車に、私のニセモノも、乗っているかも知れないとも思いました。きっと、私とよく似た顔の女だと思っています。興信所の電話で、そんなことを、いっていたそうですから」

「確かに、私のところへ掛けて来た相手も、北条早苗さんというのは、身長百六十センチくらいでと、君のスタイルそのままを、いっていたから、よく似た女だと思うね」

と、十津川は、いった。

「それで、三日間、休暇を頂いて、『富士』に乗ってみたんですけど、こんなみっともないことになってしまいまして、申しわけありません」

と、早苗は、また、頭を下げた。

「これで、事情が、呑み込めて来たよ」

と、十津川が、いい、亀井は、

「多分、君は、罠にはめられたんだよ」

と、いった。

「誰が、私を、罠にはめたんでしょうか？」

「それは、決ってるさ。山野辺宏という男を、殺したいと思っていた人間だよ」

と、亀井が、いった。

「じゃあ、山野辺宏の周辺を調べていけば、犯人が、浮んで来ますね。それは、私に、やらせて下さい」

早苗が身体を乗りだすようにして、いった。

「その気持は、わかるがね。今、君は、重要参考人として、この下関署に、連れて来られているんだ。私や、カメさんは、君が、犯人とは思っていないが、ここの警察は、そうじゃない」

と、十津川が、難しい顔で、いった。

「わかります」

と、早苗が、肯（うなず）く。

「少し、辛抱（しんぼう）していたまえ。すぐ、真犯人を捕えて、君の疑いを、晴らしてやる」

亀井が、軽く、早苗の肩を叩いて、励ました。

だが、十津川と、二人だけになると、

「簡単に、いきそうにありませんね」

と、亀井は、いった。

「そうだね。形の上では、結婚話のもつれで、彼女が、相手を、殺してしまったことになっているからね」

と、十津川も、いった。

4

二人は、下関署を出ると、近くの食堂で、夕食をとることにした。

食べながら、やはり、事件の話になっていく。

「殺された山野辺宏ですが」

と亀井は、箸(はし)を動かしながら、

「彼は、北条君のニセモノに、会って、恋をしたわけです」

「そうだ」

「そのニセモノは、恐らく、北条君に、よく似ているんだと思いますね。よく似ていて、美人で、魅力のある女の筈です。だから、山野辺宏は、引っ掛ってしまったんでしょう」

「それに、名刺のことがある。そのニセモノは、山野辺に、名刺を渡したんだ。その名刺の通り、捜査一課には、北条早苗という刑事がいたので、すっかり、信用してしまったんだろう」

「とすると、北条君が、名刺を配った人間の一人が、今度の事件に、関係している可能性もありますね」

と、亀井が、いった。

「或(あ)るいは、何かの事情で、彼女の名刺を手に入れた人間、ということだな」

と、十津川が、いう。

「北条君が、利用されたのは、偶然でしょうか？」

「そうじゃないと、思うね」

「と、いいますと？」

「北条君によく似た女が、実在する。これは、カメさんもいうように、間違いないんだ。北条君を利用するために、わざわざ、彼女に似た女を探したとは、思えない。大変な作業だからね。だから、逆だったと思うんだよ」

「まず、初めに、よく似た女が、いたということですね？」

「そうさ。犯人の近くに、若くて、魅力的な女がいた。その女が、きっと、何かの時に、北条君に間違われたんだ。そこで、北条刑事というのは、どんな女なのかに、興味を持った。調べてみると、本当に、よく似ている。そこで、犯人は、それを利用して、山野辺宏を、殺すことにしたんだ」

「北条君が、寝台特急『富士』に、乗ってくることは、わかっていたんでしょうか？」

と、亀井が、きく。

「計算していたと思うね」

と、十津川は、いった。

「どんな風にですか？」

「私が、犯人なら、こうやるね」

と、十津川は、いい、自分の推理を、話した。

北条早苗に似ている女に、北条刑事の名刺を持たせ、山野辺に、接近させる。魅力的な若い女の方から、声をかけられて、山野辺は、彼女に、参ってしまったのだろう。

その一方で、犯人は、興信所に、結婚調査を依頼する。秘密のうちに、北条刑事を、調べてくれと、頼むのだ。

調査が始まると、いやでも、北条早苗の耳に、入ってくる。もちろん、犯人は、それを、狙ったのだ。

早苗は、まさか、殺人計画が、立てられているとは知らないから、自分と同じ名前の女がいて、彼女と間違えられているらしいと、思う。もう一人の北条早苗は、自分によく似ていて、現在、結婚話が、進んでいるようだと思う。

どんな女なのだろうかと、興味を持つのは、自然である。

そんな時、山野辺宏から、ラブ・レターが、早苗に届いた。恐らく、少し前に、ニセモノが、自分の住所といって、早苗の住所を教えたのだろう。

ラブ・レターの中に、一緒に、「富士」に乗ってくれないかと書かれ、個室寝台の切符が入っていたので、早苗は、乗ってみることにした。

乗れば、自分によく似た同姓同名の女性に会えるだろうと、思っていたに違いない。犯人が、仕掛けた罠とも知らずにである。

「北条君も、やはり、若い女だということですかねえ」

と、亀井が、いった。

「どういうことだい？」

十津川が、亀井の言葉の意味がわからなくて、きいた。

「彼女は、頭のいい女性です。普通なら、当然、疑いを持つ筈なのに、やすやすと、引っ掛ったのは、結婚話が絡んでいると思ったからでしょう。若い女性だから、自然に、甘くなったんだと、思いましてね」

「なるほどね。北条君も、年頃で、結婚に関心があるので、甘くなったか」

と、十津川は、いい、微笑した。

5

十津川は、亀井を、下関に置いて、東京に帰ることにした。

殺された山野辺宏のことを、調べる必要があったからである。

しかし、東京に着いて、最初に、十津川が眼にしたのは、今度の事件を報じた新聞の見出しだった。

〈寝台特急「富士」の車内で殺人事件
　容疑者は、現職の婦人警官か？〉

早苗の名前こそのっていないものの、大きな見出しだった。

警視庁刑事部捜査一課の刑事と、具体的に書いた新聞もある。

（参ったな）

と、思う一方、

（早く解決しないと、もっと、まずいことになる）

とも、思った。

捜査一課に帰ると、まず、本多一課長に、報告した。

「すると、北条刑事は、罠にかけられたということか？」

と、本多は、少しは、ほっとした表情になった。

「間違いありません」

「しかし、彼女が『富士』に乗ってしまったのは、軽率だったねえ」

「それは、本人も反省しています。何とかして、真犯人を見つけ出したいと思っているんですが」

「見つかるかね？」

「見つけます」

と、十津川は、いった。

本多への報告をすませた十津川は、西本刑事を連れて、世田谷区成城に出かけた。

殺された山野辺宏は、ここのマンションに住んでいた。

成城という地名から、豪華マンションを、想像していたのだが、実際に来てみると、中古のマンションで、賃貸だという。

「全室2Kで、部屋代は、十万円ですよ」

と、管理人が、いった。

六畳、三畳の二部屋だった。

十津川と、西本は、五階にある山野辺宏の部屋にあがって行った。

あまり、調度品のない部屋だった。

ただ、テレビだけは、二十五インチの大きなもので、外国映画のビデオが、並んでいた。ビデオで、映画を見るのが、楽しみだったのか。

「これを、見て下さい」

と、西本が、机の上に飾ってあった写真を、十津川に、見せた。

婦人警官が、写っていた。

制服姿である。なるほど、北条早苗によく似ている。

「これが、ニセモノか」

と、十津川は、呟いた。

「そっくりですよ」

西本が、強調した。

「山野辺さんは、何をしていた人かね？」

と、十津川が、管理人に、きいた。

「どこかの電気会社に勤めていると、聞いたことがありますよ。N電気だったかな。間もなく係長になるんだと、いっていましたね」

「技術系かね？」

「いえ、普通のサラリーマンですよ」

と、管理人は、いった。

「家族は？」

西本が、きいた。

「おひとりですよ」

「そうじゃなくて、兄弟とかのことだよ」

「ご両親は、もう、亡くなっていると聞いたことがありますよ。兄弟のことは、知りません」

あまり、関心がないという顔で、管理人が、いった。

どうやら、山野辺宏は、管理人に、好かれていなかったらしい。つき合いが、悪い方だったのかも知れない。

十津川は、部屋の中の電話を使って、N電気に、連絡してみた。

間違いなく、N電気の東京本社、管理部厚生課に、山野辺宏という職員がいるということだった。

上司の青木という厚生課長に、電話に出て貰うと、

「やはり、山野辺君だったんですか」

と、青木は、溜息をついた。

「富士」の車内で殺された男の名前が、課員の山野辺と同じなので、ひょっとしたらと、心配していたのだという。

「これから、下関へ行って来ます」

とも、青木は、いった。

「その前に、警視庁へ寄って頂けませんか」

と、十津川は、頼んだ。

十津川たちが、警視庁に戻ってすぐ、青木課長が、訪ねて来た。

「とにかく、びっくりしました」

と、青木は、眼鏡の奥の眼をぱちぱちさせた。

「どんな人でしたか？」

十津川が、きく。

「目立たないが、真面目ないい青年でしたよ。少し出世がおくれていましたが、次の人事異動では、係長になることが、決っていたんです。本人から聞いたところでは、結婚話もあるとかで、めでたいなと、思っていたんですがねえ」

「他人に、憎まれるようなことは、なかったですか？」

と、十津川が、きくと、青木は、

「そんな人間なら、もっと早く、係長になっていますよ」

「前に事件を起したことは、ありませんか？」

「聞いていませんね、そういうことは」

「郷里は、大分だということですが――？」

「そうです。今度も、母親の命日ということで、休暇を取ったんです。確か、去年の今頃、母親が亡くなったと、いっていましたね」

「兄弟は、いないんですか？」

「兄さんがいた筈ですよ、東京に」

と、青木は、いった。

「他には？」

「妹さんもいるが、この人は、結婚して、今、アメリカにいるんじゃなかったかな」

「大分の家は、資産家だったんですかね？」

「さあ、わかりませんが――」

と、青木は、いった。

「山野辺さんは、結婚の話を、どんな風に、青木さんに、話していたんですか？」

「なんでも、通勤の電車の中で、若い女に、足を踏まれて、それが、きっかけで、知り合ったんだって、いってましたねえ。ああ、彼女の写真を見せられましたよ。婦人警官の」

「なるほど」

「美人でしたよ」

と、青木は、いってから、急に、眉をひそめて、

「新聞に出ていましたが、山野辺君を殺したのは、あの婦人警官なんですか？」

「いや、違いますよ」

と、十津川は、いった。

「しかし、新聞には、婦人警官が、犯人だと出ていましたよ」

「まだ、決ったわけじゃありません」

「やはり、身内は、可愛いですか？」

急に、皮肉な眼になって、青木は、十津川を見た。

十津川は、わざと、わからないという顔をして見せた。

「身内って、何のことですか？」

「仕方がありませんね。私だって、うちの社員に、犯人がいても、隠そうとするでしょうからね」

と、青木は、いった。

「隠しは、しませんよ。ただ、まだ、証拠がないということなんです」

「しかし、警部さん。山野辺君は、他人に恨まれるような人間じゃありませんよ。それに、最近は、あの婦人警官に、夢中だったみたいですからねえ。殺されるとしたら、彼女以外には、考えられませんがね」

と、青木は、決めつけるようないい方をした。

彼が、これから、東京駅へ行くといって、帰ったあと、十津川は、下関署にいる亀井

に、電話をかけた。N電気の平凡なサラリーマンだと、話すと、

「すると、財産目当ての殺人の線は無さそうですね」

と、亀井は、いってから、

「彼の兄というのが、今日、東京から、駈けつけましたよ」

「どんな兄だね？」

「六本木で、クラブをやっている男で、名前は星野功です」

「姓が、違うのかね？」

「なんでも、兄の方が、星野家の婿にいったということらしいんです。星野というのは、東京の盛り場で、クラブやバーを、何店も持っている男で、その男に、気に入られて、婿養子になったらしいんですよ」

と、亀井は、いった。

「すると、兄は、金持ちということだね？」

「そうです。兄の方が殺されたのなら、動機は、それだと、思いますね」

「その兄貴は、弟が殺されたことについて、何と、いっているのかね？」

「新聞のニュースを、頭から信じ切っているみたいで、犯人の婦人警官を、早く刑務所に放り込めと、大声で、怒鳴っていました」

と、亀井は、いった。

「そんな風になると、思っていたんだよ」

と、十津川は、いってから、

「これは、動機を見つけるのが、大変だね」

「被害者を憎んでいた人間は、見つかりそうもありませんか？」

「今のところ、被害者について、聞こえてくるのは、真面目な、いい奴(やつ)という声だけだよ。それに、婦人警官と知り合って、愛していたらしいという話さ」

「ニセモノだといっても、誰(だれ)も、信じてくれませんか？」

「ニセモノの写真は、手に入れた。しかし、よく似ているんだ。私たちは、別人だとわかるが、他の人には、わからんかも知れない。それほど、よく似ているんだよ」

と、十津川は、いった。

3 女を探せ

1

十津川は、帰京した亀井と、都内の興信所、私立探偵社に、当ってみることにした。片っ端から、電話をかけ、殺人事件であることを強調した。

その結果、池袋(いけぶくろ)の私立探偵社が、北条早苗の調査をやったことが、わかった。

すぐ、十津川と、亀井が、その探偵社に、足を運んだ。

池袋の北口、雑居ビルの二階にある探偵社だった。

社長が、調査を担当した女性を、紹介してくれた。

日野冴子(ひのさえこ)という三十五歳の女性である。その声を聞いて、十津川は、ああと、肯いた。

電話で聞いた声である。

「調査を、依頼されたのは、この方です」

と、日野冴子は、一枚の名刺を、十津川たちに見せた。

星野功と刷られている。被害者の兄である。

「どんな風に、依頼して来たんですか？」

と、十津川は、きいた。

「よくあるケースと、同じでしたわ。自分の弟が、偶然、知り合った女性を好きになって、結婚したいと、いっている。両親がいないので、自分が親代りだから、相手の女性のことを、調べて、幸福な結婚をさせたいと、おっしゃいましたわ。そして、この名刺をお出しになって、彼女が、本物の刑事かどうか、調べて欲しいと」

冴子は、北条早苗の名刺も、十津川に、見せた。

「それで、私に、電話をかけて来たんですね？」

十津川は、冴子に、きいた。

「ええ。十津川さんが、直接の上司だと、お聞きしたので、お電話しました」

「他にも、電話をしたわけですね？」

と、亀井が、きいた。

「ええ。北条早苗さんの大学時代のお友だちなんかにも、彼女の人柄について、聞きましたわ」

「結果は、どうでした?」

「申し分のない方だとわかりましたので、その旨(むね)、星野功様に、ご報告しました」

「寝台特急『富士』の中で、山野辺宏という男が殺されたことは、ご存じですか?」

「ええ。新聞で、読みましたから、知っていますわ」

「この男が、星野功の弟で、北条早苗刑事と、結婚したがっている人間だということも、知っていますか?」

と、亀井が、きいた。

冴子は、眉を寄せて、

「やっぱり、同じ人だったんですか。同じ名前だなと、心配はしていたんですけれど」

「山野辺宏本人には、会ったんですか?」

「いえ、写真は、拝見しましたけど、依頼主のお兄さんが、本人には内緒で、彼女のことを調べているので、と、おっしゃったので、お会いしませんでした」

「実際は、北条早苗刑事のニセモノだったんですよ。どこの誰かわかりませんが、よく顔立ちの似た女が、山野辺宏に近づき、警視庁捜査一課の北条早苗と、名乗ったわけです」

十津川がいうと、冴子は、首をかしげて、

「なぜ、そんなことを、その女の人は、やったんでしょうか？　十分に、美しい方なんでしょう？　ニセモノの方も、似ていらっしゃるんだから」

「そうです。美人です」

「わかりませんわ。そんな人が、なぜ、他人の名前を使ったのか」

「われわれも、その理由を知りたいと思っているんですがね」

亀井が、いうと、冴子は、すぐには、次の言葉をいわず、考えていたが、

「前科があって、それが、恋人に知られたくなくて、自分によく似た北条刑事さんの名前を、使ったんでしょうかしら？」

「かも知れませんね」

十津川は、逆らわずに、肯いて見せた。

冴子は、自分のいったことに、自分で、「でもー」と、異議を唱えて、

「すぐ、ばれてしまうでしょうにね」

「だから、ニセモノの気持が、わからないのですよ」

と、十津川は、いった。

2

十津川と、亀井は、次に星野功に会いに、六本木に、廻った。

ビルの五階の洒落たクラブで、「スター3号館」と、あるところを見ると、同じようなクラブを、他にも、持っているのだろう。

亀井は、星野に、下関署で会っている。

「もう警察に話すことはありませんよ」

と、星野は、亀井に向って、不機嫌に、いった。

その星野に、亀井が、十津川を、紹介した。

「池袋の探偵社に、北条早苗のことを調べてくれるように頼んだのは、あなたですね」

と、十津川は、確認するように、いった。

「そうですが、いけませんか?」

星野は、突っかかるような、いい方をした。

「何を怒ってるんですか?」

亀井が、文句をいった。

「怒るのが、当然でしょうが。弟を殺したのは、北条早苗という婦人警官に決っているのに、いまだに、逮捕していない。警察は、身内に甘いと聞いていたが、これほどとはね」

星野は、怒鳴るようないい方をした。

「それは、違ってますよ。北条刑事は、犯人じゃありません。彼女は、あなたの弟さんを、知らないんだから、動機がありません」

と、十津川は、いった。

「何をいってるんだね。私の弟は、北条早苗という婦人警官に、惚れてしまった。そして、一緒に、大分へ向った。その列車の中で、彼女に、刺し殺されてしまったんだ。関係のない者が、なぜ、同じ列車に、乗っていたんだね？」

星野の言葉が、彼の怒りを示すように、だんだん、乱暴になってきた。

「怒る前に、この写真を見て下さい」

と、十津川は、北条早苗と、ニセモノの二枚の写真を、星野の前に置いた。

「同じ人間じゃないか。どちらも、問題の婦人警官だろうが」

と、星野は、いった。

「よく見て下さい。よく似ていますが、別人です。右は、私の部下の北条早苗刑事ですが、左は、ニセモノです。弟さんに、近づいたのは、ニセモノで、北条早苗と、名乗りました」

「じゃあ、『富士』に乗っていたのは、ニセモノの方かね？」

と、星野が、きく。

「いや、あの列車に、乗っていたのは、本物の北条刑事です」

「おかしいじゃないか。うちの弟と、つき合っていたのは、ニセの婦人警官だといっておきながら、弟が殺された時、同じ列車に乗っていたのが、本物だというのは、矛盾しているじゃないか？」

「それは、こういうことです。うちの北条刑事は、自分のニセモノが、何のために、自分の名前を使って、山野辺宏さんに近づいたのか、それを知りたくて、『富士』に乗ったんです。ところが、その車内で、弟さんは、殺されてしまったということなんです」

「それは、詭弁だよ」

星野は、吐き捨てるように、いった。

「なぜ、詭弁なんだ？」

と、亀井が、星野に、抗議した。

星野は、じろりと、亀井に、眼を向けて、

「あんたたちは、何とかして、身内の婦人警官を、助けようとしているんだ。だから、ニセモノがいたというストーリイを、でっちあげたんだよ。いいかね。この際、あんた方に、宣言しておくが、あんた方が、北条早苗という女を、殺人で逮捕しなければ、彼女を、殺人で告発してやる。あらゆる手段を使ってだ」

と、いった。

「もう少し、冷静になってくれませんか」

十津川は、星野に向って、いった。

「弟が、殺されたのに、冷静でいられる筈がないじゃないか」

「もう一度、この二枚の写真を、見て頂きたいのですよ。よく似ていますが、微妙に違います。違う人間であることが、わかって頂けると思いますが」

十津川が、必死でいうと、星野は、面倒くさそうに、手を振って、

「別人だったら、どうだというのかね?」

「つまり、北条刑事のニセモノがいたことの証拠です。しかも、このニセモノの写真は、弟さんのマンションで、見つかったんです」

「信じられんね。警察が、あとから、作ったんじゃないのかね?」

「それは、どういうことだ?」

亀井が、星野を睨んだ。

「よく、警察は、でっちあげをやるからさ。警視庁の婦人警官が、恋愛関係にある男を、殺してしまった。さあ、大変だというんで、必死になって、考えた。その結論が、その婦人警官のニセモノがいたっていうストーリイを、でっちあげることだったんじゃないのか。その写真だって、インチキなストーリイの小道具なんじゃないのかね？」

星野は、軽蔑したように、亀井を見、十津川を見た。

「どういう意味なんだ？」

と、亀井が、きいた。

「わかってる筈だよ。北条という刑事に、よく似た女の写真を撮る。それが、その写真さ。そして、こういうニセモノがいて、この女が、本当は、犯人だと、いいふらす。そうなんだろう？」

「この写真は、弟さんのマンションで見つけたんですよ」

と、十津川は、努めて、冷静に、いった。

「証拠はあるのかね？」

「あんたの弟さんの部屋を探して、見つけたんだ」

亀井が、大きな声を出したが、星野は、ひるまずに、

「あんた方が、弟の部屋に置いて、いかにも見つけたようなことにしたのかも知れんじゃ

ないか。警察が、よくやる手だよ」

「いや、弟さんのマンションの机の上に、飾ってあったもので、うちの西本刑事が、見つけたんです。弟さんは、この女を、うちの北条刑事だと、思い込んでいたんですよ」

十津川は、辛抱強くいった。

星野は、皮肉な眼つきになって、

「もし、あんたたちのいうことが本当なら、その写真には、弟の指紋がついている筈だ。そうだろう？　弟が、その写真を眺めていたに違いないからね。どうなんだ？　弟の指紋がついていたのかね？」

と、きいた。

「それは、今、調べているところです」

「調べて欲しいねえ。そして、嘘をつかずに、正直に、報告して欲しいねえ」

と、星野は、いった。

3

十津川と、亀井は、星野のクラブを出た。

すでに、夜の十一時に近いが、この辺りは、若者で、一杯だった。

「いいたいことを、いいやがって！」

と、亀井が、吐き出すように、いった。

だが、十津川は、難しい顔で、黙っていた。

二人は、パトカーに戻った。

「どうされたんですか？」

と、亀井が、心配そうに、十津川に、きいた。

「写真のことさ」

「ニセモノの写真ですか？」

「そうだよ。恐らく、この写真からは、山野辺宏の指紋は、検出されないよ」

「星野みたいな男の言葉を、信用されるんですか？」

と、亀井が、きいた。

「この件に関しては、あの男が、正しいよ。考えてみたまえ。今度の事件は、北条君が、何者かの罠にはめられたんだ」

「そう思います」

「犯人は、周到に計画したんだと思うね。そんな犯人が、不用意にニセモノの写真を、残していくと思うかね？　その写真に、山野辺宏の指紋がついていれば、彼が、北条刑事だと思っていた女は、別人だったことの証明になる。そんなヘマを、この事件の犯人がやるとは、思えないんだよ」

と、十津川は、いった。

十津川の危惧は、適中した。

問題の写真を調べた鑑識の報告が、十津川を、待っていたのだが、写真には、一つの指紋もついておらず、もちろん、山野辺宏の指紋も検出できなかったという内容だった。

「これでは、もし、北条君が起訴されたとき、戦えんな」

と、十津川は、重い口調で、いった。

星野が、いった通り、北条刑事を助けるために、ニセモノの北条刑事がいるというストーリイを、でっちあげたといわれても、反論できないのだ。

「しかし、警部。この写真の女が、どこかにいることだけは、間違いない事実ですよ」

亀井が、ニセモノの写真を、黒板に、ピンで留めてから、十津川に、いった。

「それは、わかってる。いなければ、山野辺宏が、好きになるわけがないからね。しかし、われわれに、見つけられるだろうか？」

「弱気になられては、困りますよ」

と、亀井が、いった。

「別に、弱気になっているわけじゃないがね。犯人が、自分にとって、危険な存在のこの女を、すぐ見つかるようなところに、置いておくだろうか?」

「もう、殺されているということですか?」

亀井が、青い顔になった。

「北条刑事を、罠にはめた今、犯人は、もう、この女を、必要としていないんだ。いや、危険なだけの存在になっている。だから、殺してしまうか、すぐには見つからない場所に、隠してしまったんじゃないかと、思うんだよ」

と、十津川は、いった。

「すぐには、見つからない場所と、いいますと?」

「海外だよ。われわれの、すぐには、手の届かない場所だ。もし、海外に、逃げてしまっているとすると、いくら国内を探し廻っても、見つかりはしない」

「どうでしょう? 新聞に、この写真をのせて貰うというのは」

と、亀井が、いった。

「どういって、頼むんだね?」

「ある事件で、この女性を探している。もし、知っている人がいたら、至急、警察に、連絡して欲しいとです。殺人事件の参考人だといえば、新聞は、協力してくれると、思いますが」

と、亀井が、いった。

「しかし、新聞は、山野辺宏を殺したのが、婦人警官だと、書き立てているんだよ」

「わかっていますが、われわれだけで、この女を探すのは、無理ですよ」

と、亀井は、いった。

4

捜査本部の中でも、意見は分れた。

反対意見は、次の二点を、心配するものだった。

第一は、記者たちが、果して、協力してくれるかどうかという点だった。

第二は、協力してくれたとしても、警察が、必死になって、ニセモノを探しているとわかれば、犯人は、彼女を急いで、殺してしまうのではないかという点である。

それに対して、亀井が、反論した。

「第一の点については、協力してくれるかどうか、やってみなければ、わかりません。第二点ですが、われわれが、ニセモノを探していることは、犯人は、知っている筈です。新聞に、出なくとも、殺したければ、殺すに違いありません」

それが、奏功したのかどうかわからないが、三上部長が、やってみることに、決定した。

すぐ、警視庁担当の記者たちとの対話が、もたれた。

ニセモノの写真が、コピーされて、記者たちに、配られた。

「その女は、ある事件の重要参考人なんですが、名前も、住所もわかりません。そこで、新聞で、呼びかけて欲しいんです。本人に、名乗り出て貰いたいし、この女性を知っている人は、警察まで、連絡してくれということです」

三上は、あいまいないい方で、記者たちに頼んだが、敏感な記者たちに、すぐ、「富士」の事件との関連を、気付かれてしまった。

「この写真は、北条早苗刑事じゃないんですか？」

「本当の話を聞きたいですね」

「何を企んでいるんですか？」

「妙なことで、警察の片棒を担がされるのは嫌ですよ」

と、いった声が、三上に向って、浴びせられた。

三上は、顔を真っ赤にして、記者たちの顔を、見廻していたが、

「正直にいいましょう。このお願いは、『富士』に、関係したものです。列車内で起きた殺人事件で、うちの北条刑事が、疑われていることは、皆さんも、もう、おわかりのことだと思います」

「しかし、実名を出して、報道してはいませんよ。まだ、確実ではないのでね」

「その点は、感謝しています。それで、その写真ですが、よく似ていますが、北条刑事では、ありません。ニセモノです」

「ニセモノだという証拠は、あるんですか？」

と、記者の一人が、きいた。

「証拠？　北条刑事本人が、自分ではないと、いっているんです」

三上は、怒ったような声で、いった。

「それだけでは、ニセモノだという証拠には、なりませんよ。もっと、決定的なものはありませんか？　例えば、顔のどこかに、傷があるとか、ホクロとかです」

「探しているんだが、そうしたものは、見つかっていません。北条刑事は、右眼の上に、ホクロがありますが、このニセモノにもある。恐らく、こちらは、描いたものだと思いますがね」

「本当に、ニセモノがいるんですか？」

と、記者の一人が、念を押した。

「いるから、その写真を、新聞にのせてくれるように、頼んでいるんですよ」

「まさか、われわれを利用して、ニセモノがいるかのように、思わせる気じゃないでしょうね？」

「もし、君のいう通りだったら、私が、責任をとって、辞めますよ」

と、三上は、いった。

三上にしてみれば、思い切ったいい方だった。日頃、事なかれ主義の感じの部長が、責任をとるといったので、記者たちの態度も、急に、変ってきた。

「とにかく、この写真を、のせてみますよ」

と、記者の一人が、いい、他の連中も、それにならってくれた。

5

ニセモノの写真は、各紙にのった。が、その扱いは、小さなものだった。

警察が、殺人事件の参考人として、探しているので、すぐ連絡して欲しい。また、彼女を知っているという方は、警察に知らせて欲しいとだけ、書かれているのが、ほとんどである。

警察の要請に応じたものの、まだ、半信半疑なのだ。警察に利用されるのは困るというためらいが、そのまま、現われていたといってもいい。

「これで、十分ですよ」

と、亀井は、十津川に、いった。

「しかし、この小ささでは、気付かない読者が、多いんじゃないかね」

「私は、犯人が、これを見て、どんな反応を示すか、興味があるんです」

と、亀井が、言う。

「犯人は、この記事に、気付くと思うかね?」

十津川が、きいた。

「犯人は、北条刑事を罠にかけて、山野辺宏を殺しました。その結果が、どうなったか、毎日、気にしていると思うのです。目算(もくさん)どおり、北条刑事が、犯人として、逮捕、起訴されるのか、知りたい筈だからです。まさか、警察に電話して、聞くわけにはいきませんから、テレビや、新聞の報道を、細大もらさず、見ているに違いありません。ですから、いくら小さい記事でも、絶対に、見逃しませんよ」

「カメさんの本当の狙いは、それだったのかね？」

十津川が、笑いながら、きいた。

「そうです」

と、亀井は、肯いてから、

「国民の協力を得るためといわなければ、部長が、賛成してくれないと思ったんです。部長は、国民の協力というのが、好きな方ですから」

「犯人が、絶対に見るというのは、私も、同感だが、その結果、彼女は、消される心配があるよ。前にも、いったが」

「私も、そう思います」

「カメさんは、その恐れも、織り込みずみかね？」

「織り込みずみというより、私は、犯人が、彼女を消そうとしても、簡単には、殺せないだろうと、思っているんです」

と、亀井は、いった。

「それは、なぜだね？」

「今度の事件で、犯人は、北条刑事を、罠にかけ、犯人に、仕立てあげました。その犯人が、一番、恐れているのは、ニセモノが、見つかってしまうことです。生きて見つかるのが、一番怖いでしょうが、死体で見つかっても、北条刑事によく似た女がいたというだけで、彼女に対する容疑は、うすくなって来て、犯人が、罠にかけた苦労が、失敗する可能性があります」

「顔を潰してしまうか、それとも、死体が見つからないようにして、殺すかも知れんよ」

と、十津川は、いった。

「もちろん、犯人は、殺すとすれば、警部のいわれるようにすると思います。しかし、顔の潰れた女の死体が出たら、私は、徹底的に、調べますよ。指紋を照合し、歯型を調べ、どこの誰か、明らかにして見せます」

「すると、死体が見つからないように殺すか？　土に埋めるとか、海に沈めるとかするだろうね」

と、十津川が、いった。

亀井は、肯いた。

「だが、それも、そう簡単だとは、私は、思わないんですよ。死体を、土の中に埋めるにしろ、海に沈めるにしろ、大変なエネルギーが必要だと思いますし、時間が、かかります。都心で、殺すわけにもいかないでしょう。土の中に埋めるとすれば、死体を、車で、山の中まで、運ばなければなりません。海に沈めるのは、もっと大変ですよ。ただ、放り込んだのでは、必ず、浮んで来ますからね。重しをつけて沈めても、ロープが切れれば、浮んでしまいます」

「だから、犯人は、殺さないだろうと、カメさんは、見ているのかね？」

と、十津川は、きいた。

「いや、それほど、甘くは、考えていません。私が、犯人なら、あんな新聞記事が出れば、一刻も早く、ニセモノを、消してしまいたいと考えます」

「私も、そう思うよ。それに、人間は、計算して、殺すとは限らない。怯(おび)えから、やみくもに、殺してしまうことが、あるんだ。そのあとで、死体を、持て余すんだが」

「そうなんです。犯人が、ニセモノを、殺すことは、私も、覚悟しています。彼女には、気の毒ですが」

「つまり、殺す、殺さないにしろ、犯人は、あの記事を見て動く。それに、期待しているということだね？」

十津川は、亀井を見た。

「そうです。よく、動かぬ敵は、計(はか)り難しといいます。犯人も同じです。じっと、身をひそめて、動かない犯人を、見つけるのは、難しいですが、動いてくれれば、何とか、見つけることも可能です」

と、亀井は、いった。

「果して、期待どおりに犯人が、動き出してくれるかな？」

十津川は、期待と、不安が、半々の気持で、いった。

6

十津川たちは、ただ、じっと、犯人が動き出すのを、待っていたわけではなかった。

今のところ、山野辺宏を殺した犯人が誰かは、わからない。

そこで、容疑者と思われる人間に、監視をつけておくことにしたのである。

まず、被害者の兄の星野功だった。星野が、弟を殺す理由はないように見えるが、一番、親しい人間であることも事実なのだ。

十津川は、西本と日下の二人の刑事に、星野と、彼の妻を、監視しているように、命じた。

他に、これといった容疑者はいないのだが、被害者の働いていた会社の上司と、同僚の二、三人を監視することにした。

新聞に、ニセモノの写真がのってから、一日、二日と、過ぎた。

が、何も、起きなかった。

いや、十津川たちの知らないところで、新しい事件が、進行しているのかもしれないのだが、警察が監視している人々には、これといった動きは、見られなかった。

星野功は、精力的に、仕事をやっているし、妻の方も、邸(やしき)を出るのは、デパートへの買物だけだった。

被害者の会社の方も同じだった。上司も、同僚も、これといった変った動きは、見せない。

警察への情報も、ほとんどなかった。

十津川たちが、受け付けた電話は、三本だけで、いずれも、調べてみると、ニセモノの女には行きつけないものだった。

下関署の方からは、期限を切ってきた。

このままでは、北条早苗を、山野辺宏殺害容疑で、逮捕せざるを得ないというのである。

下関署の白井警部は、厳(きび)しい口調で、電話をかけてきた。

「最近、警察は、いろいろな批判を受けていますのでね。今度の事件では、身内をかばうのかという批判が、ひっきりなしに、こちらに寄せられているんです。地検も、なぜ、送検して来ないんだと、連日、電話してくるんですよ」

「しかし、北条刑事は、無実ですよ」

と、十津川は、いった。

「それは、十津川さんの考えで、説得力がありませんね。これ以上、放っておくと、警察不信を招いてしまいます。こちらの新聞は、キャンペーンを始めると、いっているんです」

と、白井が、いった。

「どんなキャンペーンですか？」

「警察の身内に甘い体質というキャンペーンです。始まれば、今度の事件が、まず、ヤリ玉にあげられる筈ですよ」

「そのキャンペーンは、いつから始まるんですか？」

と、十津川は、きいた。

「三日後です。だから二日後、明後日（あさって）までに、逮捕しないと、大変なことになります」

白井は、かたい口調で、いった。

「明後日までですか」

「それまでに、真犯人を見つけられなければ、こちらとしては、北条早苗を、逮捕せざるを得ません」

と、白井は、強い調子で、いった。

亀井は、その電話のことを聞くと、本気で、怒って、

「北条君がシロだということは、わかっている筈じゃありませんか。それなのに、何を考えているんですかね」

と、いった。

「われわれは、わかっているが、下関署に、それを、わかれと要求するのは、無理だよ」

と、十津川は、いった。

あと二日間で、北条早苗のニセモノが見つかる期待は、持てそうになかった。

亀井の言葉にも拘らず、身元不明の若い女の死体が、見つかったという報告は、届いて来なかったし、情報も、いぜんとして、乏しかった。

「新聞にのせて貰ったのは、失敗だったんでしょうか？」

と、亀井が、気弱になって、十津川に、きいた。

「まだ、わからんよ」

と、十津川は、励ますように、いった。

その日の午後、十津川は、杉並区高円寺のマンションで女性が、死んでいるという連絡

を受けた。

「仏さんが、十津川警部の名刺を持っていたので、電話したんですが」

と、若い警官の声が、いった。

「死んだのは、何という女性だね？」

と、十津川は、胸さわぎを覚えながら、きいた。

自分の名刺を持っているというのは、ちょっとおかしいが、ひょっとして、北条刑事のニセモノではないかと、思ったからである。

「日野冴子という女性です」

「日野？」

「私立探偵社で働いている女性です」

と、いわれて、十津川は、「ああ」と、肯いた。

星野功に頼まれて、北条刑事のことを調べていた女性探偵である。

何か、思い出したら、連絡してくれと、十津川は、名刺を渡しておいたのだ。

「殺されたのかね？」

と、十津川は、きいた。

「それが、よくわかりません。自殺かも知れません」

「とにかく、すぐ、そちらへ行く」

と、十津川は、いった。

4　ゆすり

1

JR高円寺駅から、二百メートルほどの距離にあるマンションだった。

その五階の507号室が、日野冴子の部屋だった。

2DKの、豪華ではないが、きちんと、整理されていて、被害者のきまじめな性格を反映しているように見えた。

その被害者は、六畳の和室に、仰向け（あおむ）けに寝かされていた。

明らかに、中毒死である。多分、青酸死だろう。顔を近づけると、かすかに、青酸中毒特有の甘い匂いがする。

鑑識が、写真を撮り、テーブルの上に倒れているグラスや、ブランデーのびんを、調べている。

「発見者は？」

十津川は、電話して来た警官に、きいた。

「連れて来ます」

と、その警官はいい、廊下から四十歳くらいの男を、案内してきた。

男の名前は、三村泰介(みむらたいすけ)だという。二年前に、被害者と別れたのだとも、いった。

「今日、相談したいことがあるから、来てくれというので、久しぶりに来てみたら、死んでいたんですよ」

と、三村は、いった。

「相談したいことというのは、どんなことだったか、わかりますか？」

「さあ、わかりませんね。何の相談だったのかは。生きていれば、聞けるんですが」

三村は、急に、そっけない調子になって、十津川に、いった。

「自殺だと思いますか？」

と、十津川は、三村に、きいた。

「それも、わかりませんね。しっかりした女だから、自殺なんかは、しないと思いますが、わかりませんね」

「彼女が、北条早苗という女性の調査をしていたことは、知っていますか？」

「いや、もう別れて二年になりますから、彼女の仕事のことは、全く、知りませんね」

「それなら、なぜ、あなたに、相談を持ちかけたんでしょうか？」

と、十津川は、きいた。

「わかりませんね。他に、適当な人がいなかったんじゃありませんか」

「別れてから、時々、お会いになっていたんですか？」

「いや、時たま、電話していただけですよ」

「その時に、今、北条早苗という女性の結婚調査をしているという話は、ありませんでしたか？」

「今もいったように、仕事の話は、聞いていないんですよ」

相変らず、三村は、そっけない返事をする。

「最後に、話をしたのは、相談したいことがあるから、来てくれという電話だったんですね？」

十津川は、念を押した。

「まあ、そうです」

「その電話は、いつあったんですか？」

「昨日の夜ですよ」

「その時、どんな相談か、内容は、いわずですか？」

「いいませんでしたね。もう、いいですか？　帰って。仕事がありますので」

「失礼ですが、今、どんな仕事をされているんですか？」

と、十津川は、きいた。

三村は、ポケットから、名刺を取り出して、十津川に、渡した。

「経営コンサルタント」という肩書きのついた名刺だった。

「なるほど。難しい仕事をやっておられるんですね」

「帰りたいんですが」

「ああ、どうぞ」

と、十津川は、肯いたが、三村が、エレベーターの方へ、歩いて行くと、西本刑事を呼んで、

「追けてみてくれ」

と、いった。

2

「あの男が、怪しいと、思われるんですか？」

亀井が、いった。

「犯人とは思わないが、妙に、そっけない返事しかしなかったのが、気になったんだよ。被害者が、相談を持ちかけた相手なのに、何も知らないというのは、おかしいと、思ってね」

と、十津川は、いった。

「なぜ、あの男が、そんな態度を、とったんでしょうか？」

「それを知りたくて、西本君に、尾行させたんだがね」

と、十津川は、いってから、亀井と二人、改めて、室内を、調べてみた。

これといったものは、見つからなかったが、三面鏡の引出しに、預金通帳が入っていた。

それを開くと、最近になって、一度に、五百万円の金が、記入されているのが、わかった。

四日前の日付である。

十津川は、部屋の電話を使い、預金先の銀行にかけてみた。

「その五百万円は、日野様が、現金で、預金されました」

と、その支店の支店長が、いった。

「どこからの収入か、いいませんでしたか？」

「それは、おっしゃいませんでしたが、ニコニコ喜んでいらっしゃいましたね。そのうちに、車を買うんだとも、いっておられましたが」

と、相手は、いった。

十津川は、電話を切ったあと、亀井と、日野冴子の働いていた探偵社に、廻ってみた。

社長は、日野冴子が、死んだと聞いて、眼をむいた。

「あの女傑が自殺なんて、考えられませんよ」

と、古めかしいいい方をした。

「いや、自殺と決ったわけじゃありません。他殺の線もあるんです」

「そりゃあ、他殺ですよ。自殺なんかする人じゃありません」

と、社長は、断言した。

「発見者は、別れたご主人なんですが、彼のことを、ご存じですか？」

亀井がきくと、社長は、眉を寄せて、

「三村でしょう？　よく知っていますよ」

「なぜ、ご存じなんですか？」

「三村は、うちで働いていた男ですからね」

「ほう」

と、十津川は、眼を大きくした。

「調査をやっていたんですか？」

「そうです。主として、信用調査をやっていましてね。中小企業のね。だから日野君とは、職場結婚みたいなもんです」

「どんな男ですか？」

と、亀井が、きいた。

「やり手ですが、ちょっと、ずるいところがありましてね。それで馘にしたわけですよ」

「どんなことをしたんですか？」

「一言でいえば、ゆすりですよ。調査した相手に、何か、悪い点を見つけると、それをネタに、ゆすりをやっていたんです。依頼主には、報告せずにです」

「なるほど。日野冴子さんが、別れたのも、そのためですかね？」

「調査では、成功報酬というのがありますね？」

と、十津川は、話題を変えた。

「ええ、ありますよ」

「五百万円の成功報酬というのは、よくある調査ですか？」

「いや、そんなおいしい仕事は、めったにありませんよ」

「最近、日野冴子さんが扱った調査では、どうですか？」

「彼女は、結婚調査が、専門ですからね。成功報酬というのは、無かった筈です」

と、社長はいった。

すると、あの五百万円は、何だったのだろうか？

「ここのシステムを、説明して頂けませんか？」

と、十津川が、いった。

「システムといいますと？」

「依頼主が来て、調査を頼むとき、調査員の人に、順番に、廻していくわけですか？」

「いや、うちでは、担当が、決っていますから、結婚調査なら日野君が、やっていましたね」

「今度の北条早苗についての結婚調査ですが、日野さんが、何かいっていませんでしたか？」

「と、いいますと？」

「難しい調査だとか、依頼主があれこれ、うるさいことをいうとかと、いったことですが」

「それは、全く、ありませんでしたね。普通に調査して、依頼主に報告したんじゃありませんか」

「報告書の写しが、ここに、とってあるわけですね？」

「そうです。調査報告書は、二通作って、一通を、お客に渡し、一通は、保管します。あとで、問題が起きたときに、困りますからね」

と、社長は、いった。

「日野さんが、今度、やった結婚調査の報告書の写しは、どうですか？」

「それが、ないんですよ。途中まで、調査が進んだところで、中止になってしまったからです。なんでも、依頼主の弟さんが、亡くなってしまったのでということでした」

「それは、依頼主が、中止してくれと、いって来たんですか？」

「そうです。星野という方です。弟さんの結婚相手のことを、調べて貰っていたのだが、肝心(かんじん)の弟さんが、亡くなってしまったので、調査を中止してくれといわれたわけです。ごもっともなので、了承しました」

と、社長は、いった。

「三村さんのことを、もう少し、伺いたいんですが」

と、亀井が、いった。

「彼のことは、あまり話したくないんですがねえ」

「今、経営コンサルタントをやっているといわれたんですが、うまくいっているんですかね?」

「うまくいっている筈がないでしょう? 第一、彼に、コンサルタントの仕事なんか出来る筈がありませんよ。彼に出来るのは、ゆすりぐらいのものです」

と、社長は、いった。

3

「何だか、きな臭くなって来たねえ」

と、帰り道で、十津川が、いった。

「ゆすりのことですか？」

亀井が、いう。

「三村と、日野冴子は、別れたあとも、つき合っていたんじゃないかね。そんな気がするんだよ」

「似た者同士だったんでしょうか？」

「それは、わからないが、成功報酬のない結婚調査を担当していた日野冴子は、突然、五百万円という大金を手にしている。その上、彼女は、相談があるといって、三村を、呼んでいる」

「その三村が、いやに、そっけない応答をして、そそくさと、帰ってしまいましたね」

と、亀井が、いった。

「だから、西本君を、追けさせたんだよ。三村は、日野冴子から、何か聞いているんじゃないかと思うんだ。彼は、それを、最初、警察に話してもいいと、思っていたのかも知れない」

「それを、話さなかったということは――」

「金になるんじゃないかと、考えたんだろうね。それで、あわてて、帰ったんじゃないかと、思ったんだよ」

「それは、例の結婚調査の件でしょうね？」

と、亀井が、十津川を見た。

「他に、考えられないよ。日野冴子の五百万円も、それに関した金だろうね。ゆすったのか、それとも、秘密を守る御礼に貰ったのかは、わからないが」

「その相手は、星野功でしょうか？」

と、亀井が、十津川に、きいた。

「今のところは、星野功だけだね」

と、十津川は、答えてから、

「とにかく、日野冴子の死は、他殺の疑いが濃いんだ。捜査本部が出来るだろうから、徹底的に調べてやるぞ」

「不幸中の幸いというわけですね」

「そうだよ。これで、堂々と、北条刑事のために、調査がやれるよ」

十津川は、嬉しそうに、いった。

捜査本部が、設けられた。

西本刑事から、電話が入った。

「今、練馬(ねりま)の石神井(しゃくじい)にいます。三村のマンションの傍(そば)です」

と、西本は、いった。

「三村は、今、自宅のマンションかね？」

亀井が、きいた。

「そうです。あれからまっすぐ、帰宅して、現在、自分の部屋に入ったままです」

「引き続いて、監視していてくれ。応援をやるよ」

と、亀井が、いった。

すぐ、日下刑事に、車で、行くように、命じた。

そのあと、亀井は、十津川に向って、

「自宅に、入ってしまったということは、どういうことでしょうか？」

「考えているんじゃないかな。自分が、日野冴子から得た知識が、金になるかどうかをだよ」

「もし、そうだとすると、三村が、ゆすりに動く可能性が、強いですね」

亀井が、眼を光らせた。

「問題は、その相手が、誰かということだね」

と、十津川は、いった。

「楽しみになって来ましたね。三村にゆすられた相手が、北条刑事を、罠にかけた人間という可能性が強いですからね」

亀井が、弾んだ声で、いった。

だが、肝心の三村は、なかなか、動かなかった。

日下刑事も、石神井に着いて、西本と二人で、三村の監視に当ることになったのだが、その日下からも、

「全く、動く気配がありませんね。さっき、彼の部屋に、明りがつきましたから、いるのは、間違いないんですが」

という連絡しか入らなかった。

「どうしているんですかね？」

と、亀井が、いらだちを見せて、十津川に、きいた。

明日一日しか、余裕がなかったからである。明後日になれば、北条刑事は、殺人容疑で、送検されてしまう。

「多分、電話で、相手と、交渉しているんだろう」

と、十津川は、いった。

その電話を、盗聴したいが、日本では、たとえ、犯罪捜査のためとはいっても、盗聴は、許されていない。

じっと、監視を続けるより仕方がないのだ。

「星野功も、監視したら、どうでしょうか？」

と、亀井が、いった。

4

「そうだな。星野と、三村が、同時に動き出したら、星野が、ゆすられているということになるだろうからね」

と、十津川もいい、清水と、三田村の二人を、すぐ、星野の監視に行かせた。

星野は、新宿歌舞伎町にあるクラブ「スター1号館」にいた。

「ここには、社長室があって、今、彼は、そこにいるようです」

と、清水が、電話で、伝えて来た。

十津川は、腕時計に、眼をやった。

午後八時を回ったところである。新宿歌舞伎町は、これから賑やかになる。

「何をしているか、わからないかね？」

と、十津川は、きいた。

「わかりません。社長室は、独立していますから」

「そのクラブは、何号館まで、あるんだ？」

「店のマネージャーは、5号館まであって、どのクラブにも、星野のために、社長室が、設けてあるといっています」

「5号館か」

「高級クラブですから、たいしたもんだと思いますね」

清水の声は、うらやましそうに聞こえた。無理もない。恐らく、刑事は、事件の捜査以外で、そんな店に、行くことはないだろう。

一時間ほどして、清水から、

「星野が、店を出ます」

と、いって来た。

星野は、白いロールス・ロイスに乗っていて、今夜も、それに乗ってきている。

「尾行します」

と、清水は、いった。あとは、警察無線での連絡になりそうである。

星野が、動き出したのかと思ったが、次に彼が行ったのは、渋谷（しぶや）の「スター2号館」だった。

どうやら、五軒のクラブを、廻る積りらしい。

一方、三村の方は、いぜんとして、自宅マンションに籠（こも）ったままだった。

西本が、マンションに入り、三村の部屋の前へ行ってみると、テレビの音が聞こえていると、いう。

「テレビをつけておいて、裏口から出たということはないのかね？」

と、亀井が、念を押した。

「それはありません。裏口のない造りです」

と西本は、いった。

午後十時。

星野は、「スター4号館」に、いた。

三村の動きはない。

十一時少し前になって、やっと、三村が、動いた。

「三村が、マンションから出て来ました」

と、西本が、緊張した声で、報告して来たが、次の瞬間、やや、あわてた声で、

「奴は、バイクに乗りました。こちらも、車で尾行します」

と、いった。

覆面パトカーでバイクを追った場合、細い路地に入られると、こちらは、尾行できなくなってしまう。

西本が、あわてたのは、そのためだろう。

十津川は、すぐ、バイクを一台、向わせることにしたが、間に合うかどうか、わからなかった。

星野は、中野の「スター5号館」に、入ったところだった。

三村の乗ったバイクは、250ccだという知らせが入った。

「今、明治神宮の外苑です。外苑の中を、ぐるぐる廻っています」

と、日下が、パトカーの無線電話で、知らせてきた。

「まさか、レーサー気取りで、走り廻ってるわけじゃないだろう?」

と、亀井は、いった。

5

　ところどころ、水銀灯がついているとはいっても、外苑の中は、薄暗い。

　三村は、その中を、車体を傾けるようにしながら、バイクで、走っている。

「呆れた中年暴走族だな」

　と、覆面パトカーで、追いかけながら、日下が、文句をいった。

　もう、何周したろう。

　他に、バイクで、走り廻っている人間がいないので、よく目立つ。それだけに、尾行は楽だった。

　その三村が、急に、バイクを止め、ゆっくりと、おり立った。

「どこかへ行くぞ」

　と、日下が、いった。

「トイレだよ」

　と、西本が、落ち着いた声で、いった。

　なるほど、バイクから降りた三村は、近くの公衆便所の中に入って行った。

「このまま、逃げ出すことはないか?」

日下は、まだ、心配している。トイレに入ると見せかけて、籠抜けをする事は、よくあるからである。

「トイレの裏は、金網だよ」

と、西本が、いった時、トイレから、三村が出て来て、再び、バイクにまたがった。

また、外苑の中を、走り出した。一周、二周と、続く。

「いつまで、走り廻る気なんだ?」

西本が、あきれて、呟いた。

十二時は、とっくに過ぎている。

「おかしいぞ」

と、突然、日下が、あわてた声で、いった。

「どうしたんだ?」

「乗り方が、違う。三村は、プロはだしだったが、今、乗ってる奴は、下手だよ」

と、日下が、いった時、その言葉を、証明するかのように、前を行くバイクが、スピンして、近くの立木に衝突した。

乗っていた人間は、宙を飛び、コンクリートの地面に、叩きつけられた。

西本が、急ブレーキをかけた。

車が、停ると同時に、二人は、飛び出して、倒れたまま動かない男のところへ、駈け寄った。

「救急車を頼む」

と、西本がいい、男を抱き起こした。

日下は、車に戻り、無線電話で、救急車を手配して、また、西本のところに戻った。

西本は、男の頭から、ヘルメットを、外していた。

「やっぱり、三村じゃないぞ」

と、西本が、いった。

「すぐ、報告しよう」

日下は、また、車に駈け戻り、十津川に、報告した。

「申しわけありません。トイレを利用して、すり替っていました」

「おかしいな」

と、十津川は、いった。

「本当に、すり替っていたんです」

「それは、何時頃だ？」

「今から、四十分ほど前です」

「星野の方は、今、六本木のクラブで、友人と飲んでいるよ」

と、十津川は、いった。

救急車が来た。

とにかく、動かない男を、西本も手伝って、救急車に乗せた。

近くの大学病院に運ぶ。日下も、覆面パトカーを運転して、そのあとに、続いた。

男は、すぐ手術室に運ばれ、西本と、日下は、待合室で、その結果を、待った。

手術は、一時間以上、かかった。が、手術を了えた医者は、西本たちに向って、首を横に振った。

西本と日下は、男の所持品を、預かることにした。

その中に、運転免許証もあった。

名前は、黒木博之。三十五歳。住所は、三鷹市内のマンションだった。

西本と日下は、いったん、捜査本部に戻って、十津川に、経過を、報告した。

すでに、午前二時に近い。

「星野は、どうしていますか?」

と、西本は、疲れた顔で、きいた。

「六本木で、友人二人と飲んだあと、タクシーで、自宅に帰ったよ。友人二人も一緒だ。そのまま、友人は、泊るらしい。清水君たちが、監視しているが、そのまま、出て来ないからね」

「すると、三村と、星野は、会わない気なんでしょうか？」

「多分ね。三村は、尾行を、予期していたんだろう」

「すると、星野と、三村は、関係なしですか？」

と、日下が、きくと、亀井が、

「それは、わからんよ。今夜は、ゆすられた星野が、三村に、金を渡すだけだったら、別に、彼が、三村に、会う必要はないんだ。例えば、チェーン形式のクラブの一店に、時間を決めて、三村を呼び、支店長に、金を渡すように、指示しておいても、いいわけだからね」

と、いった。

「そうなると、私たちが、三村にまかれたのが、かえすがえすも、まずかったと思います。申しわけありません」

西本が、頭を下げた。

「まあいい」

と、十津川が、微笑して、

「三村と、交代して、バイクを走らせた男が死んだんだろう。それを、テコにして、三村を追い込めるかも知れんよ」

「今から、三鷹のマンションに行って、死んだ男と、三村の関係を、調べて来ます」

と、西本がいい、日下と二人、出かけて行った。

6

西本と日下の二人は、三鷹駅から、歩いて十五、六分の場所にある中古のマンションの階段をあがって行った。

五階建のこのマンションは、エレベーターが、無かった。

502号室には、名前が出ていなかったが、念のため、西本が、ドアをノックすると、何か室内で物音がして、突然、ドアが、開いた。

顔を出したのは、三十歳前後の女だった。

寝ていたのか、ネグリジェ姿で、不機嫌な顔をしていた。

「何なの？　こんなに遅く」

と、女は、西本たちを睨んだ。

「黒木さんの奥さんですか？」

西本が、警察手帳を示して、きくと、

「あの人が、どうかしたの？」

と、女は、きいた。そんなきき方が、彼女と、男の関係を、示しているようだった。

「死にましたよ」

日下が、いったが、女は、さほど驚いた様子もなく、

「そう。死んだの」

「それで、黒木さんのことを、いろいろと、聞きたいんですがね」

「どうしようもない男よ」

と、女は、いった。

「どういうことですか？」

「ヤクザな男だってこと。誰かとケンカして、殺られたの？」

「バイクに乗っていて、木に衝突したんですよ」

「へえ。呆れた」

と、女は、いった。悲しんでいる気配はなかった。

「黒木さんとは、古くからですか?」

と、西本が、きいた。

「くされ縁ね」

と、女は、いってから、

「自分で勝手に死んだのなら、なぜ、警察が調べているの?」

「ある男の身代りで死んだみたいなものなんですよ。三村という男と、つき合っていた筈なんですが、知りませんか?」

「三村さん? 知らないわ」

「黒木さんは、何をしていたんですか?」

と、日下が、きいた。

「前は、私立探偵なんかやってたみたいだけど、最近は、よくわからないわ。あたしにも、いわなかったから」

「私立探偵ですか?」

と、西本が、呟いた。

それで、三村と、つながっているのだろうか?

日下は、急に、思い立って、ポケットから、ニセの北条早苗の写真を取り出した。

「この女に、見覚えは、ありませんか？」

「――――」

女は、黙って、写真を見ていたが、首を横に振った。

「そうですか？　知りませんか」

「その人、何をしたの？」

「恐らく、殺人に利用されたと思われるので、われわれが、探しているんです。もし、心当りがあったら、すぐ、連絡してくれませんか」

と、日下は、頼んだ。

「いいわ。何かわかったら、連絡するわ」

女は、熱のない調子で、いった。

西本は、彼女の名前を聞いて、引き揚げることにした。

もう午前三時に近かった。

パトカーに戻ったところで、西本は、日下に、

「なぜ、ニセの北条早苗のことを、聞いたんだ？　彼女が、知ってると、思ったのか？」

「北条君と似た女を、誰かが見つけて来たに違いないと、思っているんだよ。だから、誰にでも、聞いてみようと考えたのさ」

と、日下は、いった。

「それに、女の方が、見つけ役としては、ふさわしいとも、考えたんだろう?」

「そうなんだ。あの女は、どう見ても、水商売の女だよ。それなら、いろんな女を知っている筈だ。山野辺を殺った犯人は、あの女に頼んで、北条君に似た女を見つけてくれと、頼んだのかも知れないと、思ってね」

と、日下は、いった。

二人は、捜査本部に戻り、「三田英子」という女に会って来たことを、十津川に、報告した。

「彼女の話では、黒木も、三村と同じく、私立探偵の仕事をしていたそうです」

「同業だったわけか」

「そうです。その関係で、今夜の身代りを引き受けたんだと思います」

と、西本は、いってから、

「それで、三村は、どうしています?」

「まだ、自宅に、戻っていないんだ。警察に監視されていると、思っているかも知れないが、もう、午前四時だからね」

十津川は、難しい顔で、いった。

5　五百万円

1

十津川は、不安なまま、夜明けを迎えた。

いぜんとして、三村の行方は、わからなかった。

星野の監視は、清水刑事が、続けていたが、自宅に、友人二人を請じ入れて、朝になると、その友人たちは、帰って行った。

星野は、いぜんとして、自宅である。

三村は、午前七時を過ぎても、自宅マンションに、戻らなかった。

ここまでのところ、三村は、星野と接触していない。

「今回は、何もしない気なのかな？」

と、十津川は、首をひねった。

三村は、自分の替玉まで使って、尾行をまいて、姿をくらませた。

それなのに、何もなかったとは、信じられないのだが。

「今回は、金を渡すだけだったんでしょう」

と、亀井が、いった。

「それなら、そろそろ、三村が、大変な金を手に入れて、マンションに帰って来そうなものだがね」

「ひょっとすると、どこかに、姿を消すのが、金を支払う条件かも知れませんよ」

「それがあるな」

十津川の顔に、軽い狼狽の色が、浮んだ。

三村が、何をネタに、星野をゆすったかは、わからない。

だが、ゆすられた星野が、亀井のいうように、姿を消すことを条件に、一千万、二千万の金を払ったことは、十分に考えられる。

それが、国外脱出だとすると、三村は、すでに、日本を離れてしまっているかも知れないのだ。

「三村が、パスポートを持っているかどうか、至急、調べてくれ。それに、最近、どこかの国のビザをとっているかどうかもだ」

と、十津川は、西本たちに、命じた。

西本と、日下が出て行って、一時間もしないうちに、中野警察署から、電話が入った。

「三村という男を、探しておられると聞きましたが」

と、若い警官の声が、いった。

「ああ、そうだ。三村が、見つかったのか？」

と、亀井が、きいた。

「見つかりました。死んでいますが」

「死んでいる？　どこでだ？」

亀井の声が、自然に、大きくなった。

「雑居ビルの裏です。一時間前に見つかったんですが、すでに、死んでいました」

と、若い警官は、いう。

「どこの雑居ビルだ？」

「駅から歩いて七、八分のところにあるビルです。スター5号館というクラブも、入っているビルですが」

「スター5号館だって」

亀井は、十津川と、顔を見合せた。

「すぐ行こう」

と、十津川が、立ち上っていた。

また、電話が鳴った。今度は、西本刑事からだった。

「パスポートの件ですが――」

と、いいかけるのへ、

「もういいんだ。それより、君たちも、中野へ来てくれ。中野のスター5号館だ」

と、十津川は、いった。

十津川と亀井は、すぐ、パトカーで、中野に向った。

「やられたね」

と、その車の中で、十津川が、舌打ちした。

亀井は、首を振って、

「しかし、星野は、自宅を出ていません」

「そこが、よく、わからないんだがね」

と、十津川は、いった。

「スター5号館」が入っている雑居ビルは、七階建で、クラブはその五階である。

その裏側の狭い空間に、三村の身体は、墜落死していると、いう。

電話して来た井上という警察官が、緊張した顔で、

「発見されたのは、八時二十五分で、すぐ、救急車を呼びましたが、すでに、死亡していました」

と、改めて、十津川に、報告した。

「墜落したのは、間違いないのかね？」

亀井が、きいた。

「救急隊員が、全身打撲と、いっていましたから」

「とにかく、見よう」

と、十津川は、いった。

二人は、案内されて、ビルの裏に廻ってみた。

ビルの壁面と、コンクリートの塀との間の隙間は、一メートル五十センチもないだろう。

その間の、かたい地面に、三村の死体が、横たわっていた。

激しい衝撃が、三村の身体を襲ったことは、誰の眼にも、明らかだった。

その死体の傍に、封筒が、落ちていた。M銀行の名前の入った封筒である。

十津川が、中身を調べると、中身は、五百万円の札束だった。

「発見者は、誰なんだ?」

と、十津川が、きいた。

「連れて来ます」

と、警察官は、いい、制服姿の中年の男を、連れて来た。

その男は、十津川に向って、

「宝警備保障の沢井です」

と、いった。

「死体を発見した時の状況を、話してくれませんか」

「私の会社は、五階のスター5号館と、契約しています。今日の午前四時頃、何者かが、侵入したという警報が鳴りましたので、同僚と駈けつけました」

2

「それで?」

「五階のスター5号館にあがると、ドアが開いていて、中に、人の気配がしました。それで、同僚と二人で、確かめようと、中に入ったところ、人影が、社長室の窓から、外へ消えたんです。私たちは、窓から、外を見ましたが、この空地は、暗くて、何も見えません。うまく逃げられたなと思い、何か盗まれたものはないかと、部屋の中を、調べることにしました。クラブと、その奥の社長室を調べましたが、別に、こわされたものもありませんし、金庫も、開けられていませんでした。しかし、社長の星野さんに、調べて貰わなければわかりませんので、写真を撮っていたんですが、明るくなってから、裏の空地に、人が倒れているのを見つけました。そこで、すぐ、警察に、連絡したわけです」

沢井は、落ち着いて、説明した。

「警報装置というのは、どんなものですか？」

と、十津川は、きいた。

「赤外線を利用したもので、賊が侵入すると、私たちの本部で、警報が鳴り、場所も明示される装置です」

「利用者は、留守にする時、その装置のスイッチを入れておけばいいわけですね？」

「そうです」

「もう一度、聞きますが、あなた方が、五階に入ったとき、人影が、社長室の窓から、飛び出したんですね？」

「その通りです」

と、沢井は、いった。

十津川と、亀井は、彼を連れて、五階へあがって行った。

入口のドアの錠が、こわされていた。ハンマーかスパナで、叩きこわされたものらしい。

店があり、その奥が、社長室である。

沢井が、赤外線の警報装置の取りつけてある場所を、説明した。

確かに、沢井のいう通り、クラブにも、社長室にも、荒らされた形跡は見られない。

亀井が、開いた窓の傍で、スパナを見つけた。

十津川は、窓から、下を見下した。

三村の死体が、横たわっているのが見える。かなりの高さだった。

追いつめられて、三村は、ここから、飛びおりたのか？

十時を過ぎて、星野が、やって来た。

「警備保障から、電話を貰いましてね」

と、星野は、十津川に向って、いった。

「押し入ったと思われる男が、五百万円を持って、死んでいるんですが、M銀行の五百万円の心当りがありますか？」

と、十津川が、きいた。

「それなら、昨日、銀行に頼んで、持って来て貰ったんですよ。買いたいものがありましたのでね」

「金庫には、入れてなかったんですか？　金庫を開けた形跡がありませんが」

十津川が、いうと、星野は、

「そんなことは、ないと思いますが――」

と、いいながら、社長室の金庫を見ていた。

そのあと、急に、「ああ」と、声をあげて、

「思い出しました。つい、うっかり、机の引出しに、しまってしまったんです。金庫に入れておけば、よかったですかねえ」

「いずれにしろ、犯人が死んで、五百万円は、戻りましたから、いいでしょう」

「とにかく、泥棒に入られたのは、初めてですよ」

と、星野は、いった。

「犯人を、知っていますか？」

亀井が、きいた。

「とんでもない。泥棒に知り合いは、ありませんよ」

と、星野は、肩をすくめた。

「三村といって、昔、調査の仕事をやっていた男なんですがねえ」

「いや、知りません」

「日野冴子という女性は、知っていますね?」

と、亀井が、続けて、きいた。

「ヒノ?」

「あなたに、弟さんの結婚調査を頼まれた人ですよ」

「私は、探偵社に、頼んだんですがね」

「その探偵社の人間で、実際に、調査を担当した探偵です。三十代の女性探偵です」

「ああ、そうなんですか。しかし、私は、あの事務所に頼んだのであって、個人的に、何という探偵がやったのかは、知らんのです」

と、星野は、いった。

「本当に、個人的に、会ったことは、ありませんか?」

と、亀井が、きく。

「ありません」

「その日野冴子さんは、死んでいます。殺されたんです」

と、十津川が、いった。

「そうですか。それは、お気の毒に」

「あまり、驚きませんね」

「直接、知っているわけじゃありませんからね」

と、星野は、いう。

その顔を、十津川は、じっと、見すえるようにしながら、

「三村という男は、この日野冴子の別れた夫です」

と、いった。

だが、星野は、表情を変えずに、

「そうですか。しかし、私には、関係ありませんね」

「しかし、形はいろいろですが、関係者が二人も、続けて死ぬというのは、異常とは、思いませんか？」

と、十津川は、きいた。

星野は、手を振って、

「どこが、異常なのか、わかりませんよ。その日野という女性も、私の弟のことを調べた

から、殺されたのかどうか、わからんのでしょうに、今日死んだ泥棒に到っては、結婚調査とは、全く、関係ないわけでしょう？」

「いや、関係があるかも知れません」

と、亀井が、いった。

「どこがですか？」

「日野冴子は、あの調査に関して、何かやっていて、それを、三村が、引き継いでいたと思われるのですよ」

「何をやっていたというんですか？」

と、星野が、きいた。

「心当りは、ありませんか？」

亀井が、意地悪く、きいた。

「全くありませんよ。関係のない人ですからねえ」

「実は、二人は、ゆすりを働いていたと思われるんですよ。われわれは、そう睨んでいます」

「ほう。面白そうな話ですが、私には、興味は、ありませんよ」

と、星野は、いった。

「失礼ですが、その二人から、ゆすられたことはありませんか？」

十津川が、ずばりと、きいた。

星野は、笑って、

「なぜ、私が、ゆすられなければ、いかんのですか？　悪いことは、何もしていませんよ」

「弟さんの死についてですがね」

と、十津川が、いうと、星野は、口をゆがめて、

「でっちあげは、困りますよ」

「でっちあげ？」

と、亀井が、眼をむいた。

星野は、うすく笑って、

「そうでしょうが。警察は、身内の女刑事を、かばおうとしている。その気持は、わかりますが、小細工（こざいく）は、止（よ）した方が、いいんじゃありませんか」

「小細工って、何のことです？」

亀井が、怒りをこめて、きいた。

「小細工でしょうが。どうも、おかしいと思っていたんですよ。私の知らん男のことを、

妙に、知っている筈だというのがね。その理由が、わかりましたよ。あの女刑事を助けたくて、無理矢理、事件を、でっちあげようとしているんじゃないんですか？」

「そんなことは、していませんよ」

「しない方が、おとくですよ。ますます、あなた方自身を、まずい立場に追い込むだけですからね。これ以上、妙な事件をでっちあげると、私は、名誉毀損で、あなた方を、訴えますよ」

と、星野は、いった。

十津川は、苦笑した。

これ以上、この男と、話をしても、無駄だろうと、思った。あとは、証拠をつかんで、この男の企みを、あばくより仕方がないだろう。

スパナと、五百万円の包みを、押収し、十津川たちは、いったん、戻ることにした。

三村の死体は、解剖に、廻されることになった。

「星野が、うまく、三村の口を封じたんだと思いますね」

と、亀井が、いまいましげに、十津川に、いった。

「わかっているよ」

と、十津川が、肯(うなず)いた。

3

ストーリイは、簡単だと、十津川は、思う。

三村は、電話で、星野をゆすったのだ。そこで、星野は、罠をかける。

「スター5号館」の社長室の机の引出しに、五百万円を入れておく。入口のドアの錠[illegible]けてないから、忍び込んで、持って行けと、星野は、三村に、いったに違いない。

その電話の話は、星野が、「スター4号館」の社長室にいた時に、あったのだろう。

星野は、机の引出しに、銀行からおろした五百万円を入れておく。

それから、入口のドアの錠は、スパナで、叩きこわし、そのスパナは、窓の傍へ置いておいた。

そうしておいて、彼は、アリバイ作りのために、知人と食事をし、六本木で飲み、そして、友人を、自宅に、連れて行った。

ただ、星野は、警備保障会社のことと、社長室に、赤外線の警報装置がついていることを、三村に、いわなかった。

三村は、昔の仲間を使って、警察の尾行をまき、夜半、「スター5号館」に、忍び込んだ。

星野がいった通り、入口のドアは、開いていた。

奥の社長室に入り、机の引出しを開けると、電話で聞いた通り、五百万円が、あった。

しかし、その時、警備保障会社では、「スター5号館」に、賊が侵入したことを、キャッチし、急行していたのだ。

三村は、突然、飛び込んで来た警備保障会社の人間二人を見て、動揺した。制服を着ているから、警官と、間違えたかも知れない。

三村は、あわてて、社長室の窓を開けた。

すぐ横に、雨水を流すトイが、垂直に伸びている。

それを伝って、逃げようとしたが、手が届かず、落下し、死亡した。

三村が、入口のドアの錠を、スパナで叩きこわして、侵入し、五百万円を奪っ
げようとして、五階から転落死したというわけである。

星野は、自分の手を汚さずに、三村の口を封じることに、成功したの

もちろん、星野は、否定するに決っている。

十津川たちの推理を証明するものは、何もないのだ。

窓の傍にあったスパナは、もちろん、入念に調べられたが、予想された結果しか出なかった。

スパナは、頭部に、傷があり、これで、入口の錠を、叩きこわしたのであろうことは、想像された。スパナの柄に、三村の指紋はついていない。

これは、三村が、使わなかった証拠ともいえるが、指紋がつかないように、布を巻いて使ったともいえるのだ。そこまで、星野は考えて、スパナを、用意しておいたに違いないのである。

星野が、三村を罠にかけたという証拠は、どこにもない。

「これで、証人は、二人殺されてしまいましたね」

と、亀井は、口惜しそうに、いった。

実際に、「北条早苗」の結婚調査をやった日野冴子と、彼女から話を聞いたと思われる三村の二人である。

冴子も、途中で、この調査はおかしいと思い始めたのだろう。

そして、別れた三村に、相談したのだ。

ワルの三村は、とたんに、これは、ゆすりのネタになると、わかったのだろう。日野冴子が、死んだことで、その確信は、ますます、強くなったに違いない。

そして、星野を、ゆすったに、違いない。

日野冴子自身も、星野をゆすったと思われるから、三村は、ゆすりを引き継いだことになるのかも知れない。

「変な話ですが、これで、北条刑事のニセモノがいたことは、確実になりましたね」

と、亀井が、いった。

「確かに、そうだよ。また、星野が、ニセモノを使って、北条君を罠にかけたことも、これで、はっきりしたと思うんだ。北条君の結婚調査が、インチキだったからこそ、その調査を引き受けた日野冴子が、おかしいと気付いて、依頼者の星野を、ゆすったんだと思うからね。しかし、これを、下関署に、納得させるのは難しいよ」

十津川は、重い口調で、いった。

「北条刑事は、やはり、逮捕されてしまいそうですか?」

「日野冴子と、三村が、続けて殺されたことで、何とか、説得してみようと思っているがね。向うの警察が、こちらのいうことを聞いてくれるかどうかだな」

と、十津川は、いった。

十津川は、すぐ、下関署に、電話を入れた。

彼は、必死に、説明した。担当の白井警部だけでなく、向うの本部長にも、話をした。

だが、十津川の予想したように、白井警部も、本部長も、なかなか、承知してはくれなかった。

日野冴子と、三村が死んだからといって、それが、すぐ、北条早苗の無実と結びつきはしないだろうというのである。

確かに、そういわれれば、その通りなのだ。星野は、二人に、ゆすられていたという確証はないのである。また、たとえ、ゆすられていたことが、証明されたとしても、ニセモノの北条早苗を見つけ出さなければ、向うの県警を、納得させられないだろう。

「十津川さんが、ニセモノを見つけ、彼女が、北条刑事を罠にかけたと自供しない限り、われわれとしては、北条刑事を、逮捕せざるをえませんよ」

と、下関署の白井は、いった。

「わかりますが、北条刑事は、シロです。これは、身びいきで、いっているんじゃありません。もし、このまま、そちらが、北条刑事を逮捕すれば、必ず、問題が、起きることになります」

「われわれを、脅かすんですか？」

白井の声が、甲高く（かんだか）なった。

十津川は、あわてて、

「そんな気はありません。ただ、今度の事件で、続けて二人の人間が、死んでいることを、考えて欲しいんです。二人とも、殺されたと、私は、考えています。これは、異常だと思いますね。白井さんだって、何かおかしいと、思われる筈ですよ」

「多少はね」

と、白井は、いった。

「北条刑事を、あと、少しの間、逮捕するのを、待って頂けませんか。それを、お願いしているんですがね」

十津川は、必死で、いった。

「しかし、もう、ずいぶん待ちましたよ。そちらの要求を入れて」

「それは、感謝しています。ただ、二人の人間が死んだことで、少し、事情が、違って来た。そのことを、考慮して貰いたいということなんです。二人の人間が、殺されたというのは、大変なことですよ」

と、十津川は、いった。

十津川の必死さが、少しは、相手に通じたのか、

「本部長と、相談してみます」

と、白井は、いってくれた。

4

その結果、あと四十八時間、逮捕しないことを、約束してくれた。

「しかし、北条早苗が、犯人であるという、われわれの確信は、変りませんよ」

と、白井は、念を押した。

とにかく、二日間の猶予が、与えられたことになる。

「二人が、一日ということですか」

亀井は、即物的ないい方をした。二人の人間が、殺されたから、二日間と考えれば、亀井のいう通りかも知れなかった。

「まず、見つけたいのは、動機だな」

と、十津川は、いった。

亀井も、肯いた。

「どうしてもわからないのは、星野が、こんなことまでして、弟の山野辺宏を、殺さなければならなかった理由ですね。それが、わからないと、今度の事件は、解決できないかも知れません。もちろん、北条刑事のニセモノを見つけ出すことも、大切ですが」

「山野辺宏か」

十津川は、黒板に、眼をやった。

○山野辺宏
N電気の社員、独身。成城の２Ｋのマンション暮しである。

通勤の電車内で会った女性と親しくなり結婚を考えていた。


「平凡なサラリーマンだがねえ」

と、十津川は、呟いた。

「その通りです」

と、亀井も、肯いた。

「ただ、兄が、資産家の娘と結婚しているというだけだな」

「その兄に、嫉妬して、山野辺が、星野を殺したというのなら、わかりますが、逆ですからね。動機が、どうも、よくわかりません」

と、亀井が、いった。

「兄弟の仲が悪かったとしても、殺しはしないだろうからね」

「それに、金が出来て、生活にゆとりが出来ると、人間は、寛大になるものだと思います。兄弟が、憎み合っていても、金持ちの兄の側が殺すことはないと思いますが」

「しかし、星野は、間違いなく、弟の山野辺宏を殺している」

と、十津川は、いった。

だが、それを、証明するのは、難しいと、思う。

星野が、あの日「富士」に乗っていて、山野辺宏を殺す瞬間を目撃されていれば別だが、彼は、ちゃんとしたアリバイを持っている。

星野は、北条刑事のニセモノを使った殺人計画を立て、誰かを使って、山野辺宏、つまり、自分の弟を、殺させたに違いないのである。

星野は、自分の手を汚すような男ではないし、また、自分で殺すくらいなら、こんな面倒な計画は、立てないだろう。

星野は、犯人に、金を与え、また、絶対に、疑われることはないと、説得したのではないか。

彼のいった通り、犯人は、消え、北条刑事が、犯人として、逮捕されようとしている。

「やはり、動機だな」

と、十津川は、いった。

それが、解明されない限り、星野を追いつめることは、難しそうだ。

「どうやりますか？」

と、亀井が、きいた。

「あの兄弟が、生れた時から、追ってみようじゃないか。何か、出てくるかも知れない」

と、十津川は、いった。

十津川は、部下の刑事たちを動員して、山野辺兄弟のことを、徹底的に、調べさせ、それを、年代順に、記録していった。

二人とも、大分市内で、生れている。

兄の功は、大分市内で、旅館を経営する両親の間に、長男として、生れている。

五年後に、弟の宏が、生れた。

二人は、共に、地元の同じ小学校を卒業し、同じ中学校に入っている。

子供の頃の二人について、担任の教師や、同窓生の証言は、次のような言葉に、要約された。

兄の功は、その頃から、頭の回転が速く、人気者だった。学校の成績は、中の上といったところだが、小学校の担任は、「リーダー的な素質あり」と、書いている。

弟の宏の方は、誰もが、平凡で、あまり、印象になかったと、いう。担任の教師は、さすがに、大人しいが、しっかりしていたというが、同窓生たちは、よく覚えていないというところを見ると、いわゆる「目立たない子」だったのだろう。

兄の功は、中学を出ると、東京の高校に入るために、両親に無理をいい、東京の親戚の家に、寝泊りすることにした。

この高校時代、功は、近くの女子高の生徒と、親しくなった。

功は、二人の関係は、プラトニックだったといっているが、事実かどうか、わからない。しかし、二人の関係は、功が、高校三年になった時、破局を迎えている。

そのあと、功は、突然、猛然と、勉強に身を入れ、見事に、国立大学に、受かってしまう。恐らく、彼女と別れたことが、原因になっているのだろう。

大学を出たあと、功は、一流商社に入っている。

弟の宏の方は、地元の高校を出て、地元の私立大学に入った。いわば、二流の大学である。

宏が、大学を出る頃、父親が亡くなっている。

宏は、何とか、N電気に入社した。

この頃、商社員として、エリートコースを歩いていた兄の功は、商用で利用していた銀行のクラブで、星野徳一郎と、知り合った。

星野は、当時六十五歳。資産家として、有名だった。

星野には、一人娘がいた。星野が四十歳のときに生れた子供だけに、溺愛していた。

功は、その後、しばしば、星野の邸を訪ねるようになった。

やがて、功は、商社を辞め、星野の娘と結婚した。婿になり、星野功となったのである。

娘の結婚を見届けて安心したのか、星野は、亡くなり、功は、文字通り、星野興業の社長になった。

弟の宏の方は、平凡なサラリーマン生活を送っていたが、大分の母親が亡くなった。主を失った大分の旅館も、他人手に渡ってしまっている。

これが、兄弟の経歴である。

兄の功の方は、全て、上手くいっているのに、弟の方は、そんな幸運には、恵まれていない。そして、揚句、殺されてしまった。

しかし、表面上の経歴の下に、何か、かくされているものが、あるかも知れないし、それが、引金になって、今度の事件が、起きていることが、十分に考えられた。

十津川は、部下の刑事たちを、督励した。調査を、すすめさせた。

その結果、わかったことが、一つある。

功が、星野徳一郎の一人娘と、つき合い出したとき、彼には、他に、恋人がいたことである。

彼女は、功と同じ商社で働くＯＬで、名前は、安田めぐみである。

二人は、婚約していた。功は、それを破って、星野の娘と、結婚したことになる。

安田めぐみは、自殺していた。

6　過去への旅

1

五年前の三月十六日である。

翌日の新聞に、次のような記事が、のっている。

〈十七日午前六時半頃、世田谷区松原四丁目の「ヴィラ松原」の裏庭で、ネグリジェ姿の若い女性が死んでいるのを、管理人の山下さん（五六）が見つけて、警察に届け出た。警察が調べたところ、この女性は、６０２号室に住むＯＬの安田めぐみさん（二六）と、わかった。めぐみさんは、Ｋ商事に勤めるＯＬで、同僚の話では、結婚話がうまくいかず、悲観していたとのことで、十六日の夜、発作的に、６０２号室のベランダ

から飛び降りたものとみられている〉

五年前のこの事件が、今度の事件に関係しているのだろうか？

十津川と亀井は、自信はなかったが、この事件を調べてみることにした。

二人は、松原署に出かけ、この事件を担当した野田刑事に、話を聞いた。

「自殺は間違いないと思いましたが、その理由について、調べました」

と、野田は、当時のメモを引っ張り出して、それを見ながら、説明した。

「それで？」

「彼女が、同じ商事会社の山野辺功と、婚約していたこと、その山野辺功が、星野徳一郎の娘の星野雅子に、走ったことが、わかりまして、それを悲観しての飛び降り自殺ということで、決着しました」

「他殺の線は、全くなかったのかね？」

と、十津川は、きいた。

野田刑事は、びっくりした顔で、

「他殺ですか？」

「そうだよ。誰かが、彼女を、六階のベランダから、突き落したということは、考えられなかったのかね?」

「動機がありません。山野辺功は、彼女を捨てたわけですし――」

「602号室の部屋は、調べたのかね?」

と、亀井が、きいた。

「もちろん、調べました。室内は、乱れていませんでしたし、ドアに、錠がおりていました」

「遺書はなかったんだろう?」

「ありません」

「部屋のカギは、ちゃんと、あったのかね?」

「彼女のハンドバッグの中に一つと、机の引出しに一つです。管理人の話では、カギは、二つということでした」

「スペアキーを、別に作っていたかも知れないな」

と、十津川が、いった。

今は、簡単に、スペアが、作れてしまう時代である。

「山野辺功には、話を聞いたかね?」

「一応、会って、話を聞きました。素直な男で、自分が、裏切ったのがいけないんだと、涙を浮べていました」

「彼のアリバイは、あったのかね?」

「安田めぐみの死亡推定時刻は、三月十六日の午後十時から十一時までの一時間ということでした。自殺とは思いましたが、念のために、山野辺功のアリバイも、調べています。この時、山野辺は、弟が、N電気に入ったのを祝って、二人で、飲み、一緒に、自分のマンションで、寝たと証言していまして、弟の山野辺宏も、その通りだと、証言しました。この日、弟の宏が、N電気の就職が決ったことも事実なので、嘘はないと、思いました」

と、野田は、いった。

「しかし、身内の証言だろう?」

亀井が、いった。

「これが、殺人事件なら、疑いの目を向けましたが、自殺と考えていましたので、弟の証言を、信用しました。それに、二人が午後十時まで、新宿のスナックで飲んでいたことは、間違いないんです。店の従業員が、証言しています」

「カメさん。動機は、これかな?」

と、十津川は、亀井を見た。

その時、山野辺功は、安田めぐみを、殺したのではないのか？　そして、アリバイ作りに、弟の宏を、利用した。それが、五年後まで、後を引いたのではないのか？

2

野田刑事と別れたあと、十津川と、亀井は、このことで、話し合った。

二人とも、静かな興奮を、感じていた。やっと、手応えらしきものを、見つけたからだった。

「功が、安田めぐみという前の恋人を、殺した可能性は、大いにありますよ」

と、亀井は、帰りの車の中で、十津川に、いった。

「恋人同士だったのだから、彼女から、マンションのカギを貰っていても、おかしくはないな」

「そうです。ひそかに、スペアキーを作っておいて、五年前の三月十六日の夜、彼女を、ベランダから、突き落とし、二つのカギは、部屋の中に残し、スペアキーで施錠して、逃げたんじゃないかと、思いますね」

と、亀井は、決めつけるように、いった。

「そして、アリバイを作ったか」

「そう思いますね」

「しかし、証明するのは、難しいぞ。肝心の安田めぐみは、五年前に、死んでしまっている。それだけじゃない。自殺として、処理されてしまっている。それに、アリバイ作りに利用されたと思われる弟の宏は、殺されてしまったしね」

と、十津川は、いった。

「どうしますか？」

亀井が、きいた。

「難しいが、何とかして、証明しなければならない。成功すれば、北条君を助けられるからね」

と、十津川は、いった。

「まず、安田めぐみの周辺を、洗い直してみますか？　彼女が、自殺するような女性じゃなかったことがわかれば、それでも、一歩、前進ですから」

と、亀井が、いう。

「西本君たちと、それを、やってみてくれ」

と、十津川は、いった。

「わかりました」

「私は、もう一度、星野功、いや、山野辺功に、会って来るよ」

十津川が、いうと、亀井は、ニヤッと、笑って、

「宣戦布告ですか？」

「そんな大それたものじゃないよ。ただ、こちらが、いろいろとわかっていることを、告げてやるんだ。少しは、動揺するんじゃないかね」

と、十津川は、いった。

捜査本部に戻ってから、十津川は、改めて、星野功に、会いに出かけた。

彼は、銀座の「スター4号館」の社長室にいた。

「もう、ご用はないと、思っていましたがね」

と、功は、勝ち誇ったような声で、十津川を、迎えた。

「今度は別なことで、あなたに、いろいろと、お聞きしたくなったのですよ」

と、十津川は、努めて、落ち着いた声を出した。

「別のこと？　何ですか？」

功は、用心深い表情になった。

「五年前の事件です。五年前に、安田めぐみという女性が死んでいます。五年前の三月十六日です。この女性のことは、よく、ご存じと、思いますが」

と、十津川は、いった。

功の表情が、変った。しかし、動揺の色というより、怒りの色だった。

「なるほど」

と、功は、肯いて、

「警察も、卑怯（ひきょう）なことをしますねえ」

「卑怯？」

「そうじゃありませんか。あなたが、自分の部下を、かばいたい気持はわかりますよ。しかし私の過去、それも、触れて貰いたくない過去を持ち出してくるのは、卑怯ですよ。誰にだって、秘密にしておきたい過去は、ありますからね。第一、彼女の自殺は、今度の事件とは、何の関係もないでしょう？」

と、功は、十津川を、睨んだ。

「果して、そうでしょうか？」

「どこに、関係があるというんですか？　今度、殺された私の弟と、安田めぐみとは、何の関係もありませんよ。彼女は、私の恋人だった女ですよ」

「それは、わかっています」

「なら、なぜ、今になって、持ち出すんですか？」

と、功は、きいた。

「五年前のあの事件に、疑いが持たれて来たからですよ」

「疑い？　五年もたってですか？」

「そうです。五年前、自殺として、処理されました。しかし、あれは、自殺でなく、他殺ではないかと、考え始めたんですよ」

と、十津川は、いった。

「それは、ありませんよ。彼女は、自殺したんです。悲しいことですがね。私が、彼女を、自殺に追いやってしまったんです。今でも、申しわけないことをしたと、思っているんです」

と、功は、いった。

「彼女を捨てて、星野雅子さんと結婚した理由は、何だったんですか？」

十津川は、相手が、嫌な顔をするのを承知で、きいた。

案の定、功は、顔をしかめた。

「忘れましたね。もう」

と、功は、いった。

「しかし、女性が一人、死んでいるんですよ。五年前は、自殺として、処理したが、私は、私の責任で、この事件を、もう一度、調べ直してみる心算でいます」

十津川も、相手の顔を、見すえるようにして、いった。

「なぜ、そんなことをするんですか？　まるで、私に対する嫌がらせとしか思えませんね。事と次第によっては、告発しますよ」

と、功は、いった。

「理由は、簡単です。あの事件に、疑問が出て来たからですよ」

「どんな疑問ですか？」

「あれは、自殺ではなくて、他殺ではないかという疑問です」

「それは、おかしいんじゃありませんか。部屋のドアには、ちゃんと、カギが掛っていたんですよ」

「よく覚えていますね」

十津川は、皮肉を、いった。

功は、ますます、不機嫌な顔つきになった。

「私は、当事者だから、覚えているのは、当然でしょう。私だって、彼女が、ひょっとすると、自殺じゃなくて、殺されたのじゃないか、泥棒に入った奴が、居直って、彼女を殺したんじゃないかと、思いましたよ。それで、自分でも、調べてみたんです。だが、今もいったように、ドアには、カギが掛っていたし、部屋も、荒らされていなかった。第一、あの事件を調べた警察の方が、これは、自殺だと、いわれたんですよ。あの警察の方は、誤認したことになるんですか？」

「かも知れませんね」

「それは、警察の不名誉じゃありませんかね？」

「そうであっても、真実に、眼をつぶるわけにはいきませんのでね」

と、十津川は、いった。

「しかし、五年前の彼女の死が、自殺じゃないという理由は、何ですか？　それからまず、お聞きしたいですね」

と、功が、いった。

「それは、今度、お会いした時に、申しあげますが、一つだけ、あなたに、いいたいことがあります。もし、あの事件が、他殺だとすれば、一番、動機を持っているのは、あなただということですよ」

「そんなことは、知っていますよ。しかし、私は、関係ない」

「アリバイがあるということですか？」

「そうです。彼女が死んだ時、私は、弟と一緒にいた。これは、みんなが、知っていることだし、松原署の刑事さんも、知っていますよ」

「弟さんが、Ｎ電気の入社が決って、二人で、そのお祝いをしたというんでしょう？」

「そうです」

「しかし、あなたと、弟さんが、新宿のスナックにいたのは、午後十時まででしょう？　問題は、そのあとです。あなたは、弟さんと別れて、まっすぐ、松原の彼女のマンションに直行したのかも知れない。死亡推定時刻は、十時から十一時までだから、ゆっくり間に合うんですよ」

十津川が、いうと、功は、顔を、赤くして、

「勝手なことは、いわんで頂きたいな。その日、新宿のスナックで、弟と飲んだあと、彼を連れて、自分のマンションに戻り、朝まで、飲み明かしたんですよ。弟だって、ちゃんと、証言していますよ」

「弟さんは、あなたのために、偽証したのかも知れない」

「証拠でもあるんですか？　弟が、嘘をついたという証拠が」

「ありません。それに、弟さんは、死んでしまっている。あなたにとって、都合のいいこ

と、いった。

「今日は、帰りますが、また、来ますよ。その時は、正式に、五年前の事件について、あなたに、話して貰いますからね。殺人事件の捜査になりますからね」

十津川は、腰を上げた。が、まっすぐに、功を見つめて、

功は、十津川を睨んだ。

「不愉快だ。帰ってくれませんか」

とにね」

亀井が、いったように、これは、星野功に対する宣戦布告だった。

功が、あわてるかどうかは、わからない。

安田めぐみが死に、弟の山野辺宏も死んでしまっているから、大丈夫と、タカをくくっているかも知れない。

動かないと困るのだが、少しは、動揺するだろう。

怒って、十津川に、帰れと、怒鳴ったのが、その証拠だと、思う。

十津川は、捜査本部に戻って、星野功との会話を、思い出してみた。

反応は、あったと思う。

今度の弟殺しについては、功は、安心しているだろうが、五年前の事件は、彼のアキレ

ス腱に違いないとも思う。

（どうなっていくのか）

3

十津川は、亀井と、安田めぐみの家族に会うことにした。

星野功の犯罪を証明するにしても、五年前の事件について、詳しく、知ることが、必要だったからである。

安田めぐみは、広島の出身で、福山に親戚がいるが、両親は、すでに亡くなっていた。

ただ、彼女の姉が、結婚して、現在、横浜に住んでいるのがわかって、十津川と亀井は、会いに出かけた。

東京急行の大倉山駅で降りてすぐの商店街である。

この商店街は、活性化のために、全体が、ギリシャ風に、改装したとかで、畳屋や、すし屋までが、ギリシャ風の建物の中におさまっているのは、奇妙な光景だった。

奇妙だが、若者を引き止めるには、こうした改造も、必要なのだろう。

旧姓安田、今は、香西になっている和子は、現在三十八歳で、子供が二人いるということだった。

夫婦で、喫茶店「エーゲ海」を、やっていた。

「前は、『さくらんぼ』という名前だったんですけど、この建物では、似合わないんで、変えました」

と、夫の香西は、笑っていったあと、自分がいては、話がしにくいだろうと思ったのか、奥へ姿を消した。

十津川は、残った和子に向って、

「思い出したくないとは思いますが、妹のめぐみさんのことを、話して、頂きたいのです」

と、いった。

「なぜ、五年たった今、急に、警察の方が調べて、いらっしゃるんですか?」

和子は、当然の疑問を、ぶつけてきた。

「めぐみさんの死が、ひょっとすると、自殺ではなくて、他殺かも知れないと、思われるようになってきたからです」

「やっぱり」

と、和子は、肯いてから、

「あの時だって、妹が、自殺する筈がないと思っていましたわ」

「なぜですか？」

と、亀井が、きいた。

「妹は、しっかりした性格で、自殺なら必ず、その理由を書いた遺書を残した筈ですもの」

と、和子は、いう。

「しかし、婚約していた山野辺功が、妹さんから、星野の娘の方に、走ってしまったためということは、わかっていたんじゃありませんか？」

十津川は、和子に、いった。

すると、和子は、意外にも、首を横に振って、

「私は、何も知りませんでしたわ」

「妹さんは、何もいわなかったんですか？」

「ええ。何も。だから、山野辺さんとは、うまくいっているものとばかり、思っていましたわ」

「すると、妹さんが死んでから、星野さんのことを聞いたんですか？」

「ええ。山野辺功さんから、聞いたんです。彼は、ひたすら、申しわけないと、繰り返し

ていましたわ」

「しかし、納得はしなかったんですね？」

「ええ。妹が、遺書を残していて、それに、書いてあれば、納得したかも知れませんけど」

「しかし、現実に、山野辺功は、資産家の星野の一人娘に、走ってしまったわけでしょう？」

と、亀井が、不遠慮に、きいた。

「ええ。それは、わかっていますわ」

「その件については、どう考えているんですか？」

と、十津川が、きいた。

「山野辺さんが、自分を高く売りたくなったんだとは、思いますけど」

と、和子は、いう。

「それは、どういうことですか？」

「あの人は、頭もいいし、一流商社のエリートサラリーマンでしたわ。それに、ハンサムだし、自分を、高く売り込みたかったんだと思うんです。妹は、性格のいい娘でしたけど、財産はありませんでしたから、彼にしてみれば、自分にふさわしい、財産もある娘が、他にいる筈だと、いつも、思っていたのかも知れませんわ」

「それで、山野辺功は、資産家の娘に走り、めぐみさんは、それを悲観して、自殺したことになっているんですが、それには、納得できないんですか?」

「ええ。納得できませんわ」

「なぜですか?」

「第一に、妹は、強い娘で、一時的に、ショックは、受けるかも知れませんけど、それで、自殺するとは、とても、思えないんです」

「なるほど」

「それに、私に、何の相談もしていないというのが、不思議ですわ。何でも、私には、話してくれていましたのに」

と、和子は、いった。

「しかし、恥しいので、相談しなかったんじゃありませんか?」

「山野辺さんは、そういってましたけど、妹は、私を信用していたから、絶対に、打ち明けて、相談していた筈ですわ。あの頃、両親とも亡くなっていて、二人だけの姉妹だったんですから」

「じゃあ、なぜ、あなたに、相談しなかったんですかね?」

と、亀井が、きいた。

4

和子は小さく頭を振って、

「それが、わからないんです。なぜ、妹が、私に、相談してくれなかったのかと」

「死ぬ直前にも、妹さんに、会っておられるんですか？」

と、十津川は、きいた。

「ええ。三日前に、会っていますわ」

「その時の様子は、どうでした？」

「楽しそうにしていましたわ。仕事も楽しいし、彼とも、うまくいっているといっていたんです。警察や、山野辺さんの話だと、あの頃、もう、彼は、星野さんの娘と、深い仲になっていたことになるんですけど、それが、どうしても、信じられないんです」

「妙な話ですね」

「妹のことは、週刊誌にも、のったんです」

「ほう」

「エリート社員との恋に破れて自殺した美人ＯＬという見出しで、書かれました」

「何という週刊誌ですか？」

「『週刊スクープ』ですけど」

「あなたも、取材されましたか？」

「ええ」

「その時も、三角関係のもつれで自殺した筈はないと、おっしゃったんですか？」

「ええ。そういいましたわ」

「その通りに、週刊誌にのりましたか？」

「いいえ。資産家の娘にのりかえられて、自殺したと、書かれましたわ。山野辺さんが、泣いている写真も、のっていましたけど」

そのいい方に、険があった。どうやら、山野辺功、今は、星野功に、いい感情は、持っていないらしい。それも、彼が、妹を裏切って、他の女に走ったというだけの理由ではなさそうである。

「彼が、妹さんを殺したのではないかと、考えたことは、ありませんか？」

と、亀井が、ずばりと、きいた。

和子は、一瞬、表情を、かたくしたが、

「それは、資産家の娘と一緒になりたくて、邪魔になった妹さんを殺したと、考えたわけですか？」

「いいえ」

「ありましたわ」

と、和子は、いった。

亀井は、十津川と、顔を見合せてから、

「しかし、他に、彼が、妹さんを殺す動機が考えられますか？」

と、きいた。

「妹は、勝ち気なところがあります。男が、自分から離れたとわかったら、未練がましく、追いかけたり、泣きわめいたりしません。彼が妹を殺す必要なんかないんですよ」

「それでも、彼が、殺したのではないかと、考えたんでしょう？」

「ええ」

「他に、どんな理由が、考えられますかねえ」

「私にも、わかりませんわ。でも、妹が、彼に殺されたとしても、今、刑事さんがおっしゃった理由なんかじゃないと、思っているんです」

と、和子は、いった。

十津川は、意外な展開になったなと思いながらも、すぐ、和子の言葉を、信用する気にはなれなかった。

何といっても、三角関係のもつれの方が、説得力が、あったからである。

十津川と、亀井は、和子と別れると、東京に引き返し、「週刊スクープ」を出している出版社に、顔を出した。

神田にある出版社である。

五年前、あの事件を記事にしたという記者に、会った。

田宮という中年の記者だった。

「警察が、なんで、五年前の事件を、今頃、調べてるんですか？」

と、探るような眼で、十津川たちを見てから、

「あれは、よく覚えていますよ。死んだ娘さんが、美人でしたからねえ」

と、いった。

「なぜ、取りあげることになったんですか？」

と、十津川が、きいた。

「電話があったんですよ。有名商社のエリートサラリーマンが、婚約までした女性を裏切って自殺させた。これでいいのかってですよ」

「それは、男の声ですか？　それとも、女の声ですか？」

「男の声でしたよ。ちょっと、作ったようなね」

と、田宮は、いった。

「それで、誰に、取材したんですか？」

「まず、警察へ行って、調べましたよ。そんな事件が、本当に、あったのかどうか知りたかったですからね」

「そのあと、山野辺功に会ったんですか？」

「ああ、自殺した女の相手ですね。もちろん、会いましたよ」

「それで？」

「素直な男でしたね。自分が、他の女を好きになって、それが原因で、自殺させてしまった。申しわけなく思っていると、涙を浮べていましたねえ。確かに、悪い人だが、あの涙を見たら、同情したくもなりましたよ」

「彼の新しい恋人にも、取材しましたか？」

「星野家の一人娘には、会いましたよ。大人しい、いい娘さんでしたね」

「男が、そちらに走っても、仕方がないと思いましたか？」

と、十津川は、きいた。

「どちらが、美人かといえば、死んだ安田めぐみの方が、魅力があると思いましたよ。しかし、財産は、星野家の方が、はるかにある。野心家の青年にとっては、財産は、魅力的だと思いますよ」

「山野辺功も、野心のある青年と、思ったわけですか？」

「思いましたね」

「彼が、嘘をついているとは、思いませんでしたか？」

十津川が、きくと、田宮は、びっくりしたような表情になって、

「嘘って、何のことですか？」

「三角関係のもつれというのは、嘘とは、思いませんでしたか？」

「そんなことは、考えませんでしたよ。山野辺功が、安田めぐみと、婚約していたのに、資産家の娘に走ってしまい、それで、ショックを受けた彼女が、自宅マンションから、身を投げて、自殺した。他に考えようがありませんし、山野辺も、自分が悪かったと、反省していた。それも、記事に書きましたよ。もちろん、仮名にしてですがね」

「その後、彼が、資産家の娘と結婚したのは、知っていますか？」

と、十津川は、きいた。

「あとで、知りましたが、別に、どうということもないですよ。安田めぐみが、自殺した

時は、ショックだったでしょうが、時間がたてば、ショックは消えますからね」

「安田めぐみのお姉さんには、取材はしましたか？」

「あの記事が出てから、抗議の電話を貰いましたよ。確か、妹は、自殺する筈がないということでしたね」

「それについては、どう思いました？」

「まあ、身内が、そう思いたい気持は、わかるとは、考えましたよ。しかし、どう見ても、三角関係からの自殺としか見えませんでしたからね。警察も、そう考えていましたしね」

「あなたのところへ電話して来た男のことですが、誰か、わかったんですか？」

「見つかれば面白いと思ったんですが、結局、わからずです。しかし、どんな男かは、想像がつきましたよ」

「どんな男ですか？」

「自殺した安田めぐみは、美人でしたからね。ひそかに、彼女を好きだった男がいたとしても、おかしくはない。そんな男が、山野辺功に腹を立てて、電話して来たんだと、思っていますよ。社会的な制裁を、加えてやろうと思ってね」

「それで、社会的制裁は、加えられたと思いますか？」

と、亀井がきいた。

「加えられたと思いますよ。本名は、出しませんでしたが、彼は、会社を辞めましたからね。エリート社員の椅子を、投げ出したわけですから」

と、田宮は、いった。

「ひょっとして、山野辺功自身が、電話して来たとは、考えませんでしたか？」

十津川が、きくと、田宮は、「え？」と、声をあげた。

「あの男が、なぜ、自分の首を絞めるような真似をするんですか？　それは、あり得ませんよ」

「彼が、殺したのではないかという疑いの目を向けられている時、それを、自殺に持って行くためですよ」

と、十津川は、いった。

「では、こっちの取材に対して、泣いて見せたのも、全て、芝居だったというわけですか？」

「芝居には、見えませんでしたか？」

「見えませんでしたがねえ。第一、そんな先入主は、持って、取材しませんでしたしね」

「しかし、女を裏切って、自殺させた男という先入主は、持っていたわけでしょう？」

と、十津川が、きく。

「そうです」

「彼が、それを知っていて、芝居をすれば、あなたは、簡単に引っ掛りましたね？　違いますか？」

と、十津川は、きいた。

7　一人の女

1

「彼女に、会ってみよう」

と、十津川が、いった。

「彼女って、誰ですか？」

亀井が、きいた。

「星野功の奥さんだよ」

と、十津川は、いった。

功が、仕事で、会社に出ていく時間に、二人は、星野の自宅を訪ねた。

「旦那（だんな）さまは、お留守ですけど」

と、いうお手伝いに、十津川は、

「今日は、奥さんに、お会いしたいんです」

と、いった。

しばらく、待たされてから、二人は、奥へ通された。

中庭の見える応接室である。

星野雅子は、和服姿で、現われた。

青白い顔をしているが、風邪(かぜ)でもひいているのか。

お手伝いが、コーヒーをいれてくれた。

「私に、ご用だそうですけど」

と、雅子は、十津川を見、亀井を見た。

(表情のない顔だな)

と、十津川は、思いながら、

「ご主人と、結婚なさった時のことを、話して頂きたいと、思いましてね」

と、いった。

「もう、五年も前のことですわ」

「わかっています」

「それに、私ごとで、警察の方が、関心をお持ちになるようなことじゃないと思いますけど」

と、雅子は、相変らず、表情を変えずに、いった。

「五年前、一人の女性が死にました。安田めぐみという女性です。ご主人と、結婚することになっていた女性なんですが、もちろん、ご存じと、思います」

十津川が、いうと、雅子は「ええ」と、肯いた。

「週刊誌に、いろいろと、出ていましたし、主人からも、聞きましたから」

「その時、ご主人、いや、その時は、まだ、山野辺功さんですが、何と、いいました？」

「事実だけを、話してくれましたわ。僕が、君を好きになってしまったので、彼女を、自殺させてしまったとですわ」

「それを聞いて、あなたは、何といったんですか？」

と、亀井が、きいた。

「何もいいませんわ」

「本当に、何もいわなかったんですか？」

亀井が、なおも、きくと、雅子は、はじめて、表情を動かした。

「私に、何がいえるでしょう？　彼女が死んで、良かったというんですか？　それとも、彼女のために、泣けばいいんですかしら？」

「ご主人との結婚を、やめようとは、思いませんでしたか？」

と、十津川が、きいた。

「いいえ」

「なぜですか？」

「なぜ？」

と、雅子は、きき返してから、

「主人が、参っていましたから、自分が、助けてあげなければと、思いましたわ」

と、雅子は、いった。しかし、あまり、感情のないいい方だった。

「自殺ではないのではないかと、疑ったことはなかったですか？」

「なぜ、そんな疑いを持つ必要があるんでしょうか？」

雅子は、また、無表情に戻って、十津川を見た。何となく、質問のための質問をしているような感じで、本当は、全く別なことを、彼女は、考えているような気がして、十津川には、仕方がなかった。

「ご主人と、初めて会った時のことを、覚えて、いらっしゃいますか？」

と、亀井が、きいた。

「ええ」

「どんな印象でした？」

「頭の切れる、エリートサラリーマンという印象でしたわ。事実、そうでしたけど」

「ご主人が、結婚を申し込まれたのは、いつ頃ですか？」

「さあ、はっきり、覚えていませんわ」

「それは、安田めぐみさんが、死ぬ前ですか？　それとも、後ですか？」

「前ですわ」

「その時、ご主人に、婚約している女性のいることは、知っていましたか？」

「いいえ。でも、主人は、自分にも、つき合っていた女がいるが、きちんと、話をつけて来たと、いっていましたわ。ですから、その安田めぐみさんにも、主人は、いったと思うんです。私と、結婚したいと。それで、彼女は、絶望して、自殺したんだと、思いますわ。その点では、私も、責任は感じていますけど、これは、男と女がいる限り、仕方がないことだとも、思っています」

と、雅子は、いった。

2

「ご主人との間で、彼女のことが、話題になることは、ありませんか？」

と、十津川が、きくと、雅子は、眉を寄せて、

「ありませんわ」

と、強い口調で、いった。

「お子さんは、まだですか？」

十津川は、微笑を浮べて、きいた。

その瞬間、雅子の表情が、激しく動いたような気がした。

「まだですわ」

といったが、その声が、かすかに、ふるえている。

（なぜ、動揺したのだろうか？）

と、十津川は、不審に思いながら、

「こんな広い家に、お二人だけでは、寂しいでしょう。お子さんが欲しいんじゃありませんか？」

「子供を作るか作らないかは、私たちの問題ですわ。警察とは、関係ありませんわ」

雅子は、切り口上で、いった。

それで、会話が、跡切れ、雅子は、横を向いてしまった。

十津川は、いったん、引き揚げることにした。

二人は、外に出たが、亀井が、

「無表情だった彼女が、子供のことを、警部が、聞いた途端に、興奮しましたね。何でしょうか？　あれは」

と、きいた。

「子供のことで、悲しい思い出があるのかも知れないな」

「調べてみます」

と、亀井は、いった。

翌日、亀井は、西本刑事を連れて、都内の産婦人科医を廻って、調べていたが、夕方になって、戻ってくると、

「警部のいわれた通りでした」

と、十津川に、いった。

「彼女は、流産でもしていたのかね？」

「そうです。結婚した翌年の十月に、妊娠していることがわかったんですが、五か月の時、流産をしています。新宿の前田産婦人科医が、扱っていました」

「それで、彼女は、子供の話をしたとき、異常に、興奮したのか」

「そうだと思いますが、この前田産婦人科で、面白い話を聞きました」

「何だい？」

「婦長が話してくれたんですが、緊急入院した星野雅子のことを、よく覚えていました。流産したと、知らせたとき、彼女は、半狂乱になって、『あの子のタタリだ！』と、叫んだというんです」

「タタリ？」

「そうです」

「大時代ないい方だねえ」

「まったくです。婦長も、びっくりしたと、いっています。それで、よく、彼女のことを、覚えているんだそうですが」

「彼女は、前にも、流産したことがあるのかな？　それとも、堕ろしたことがあって、そんなことを、いったのか」

「いや、それは、なさそうです。婦長の話では、初産だったそうですから」

「タタリねえ」

と、十津川は、口の中で、呟いた。

恐らく、雅子の過去に、何かあったに違いない。タタリという以上、誰かが、死んでいて、そのタタリということなのだろう。

「彼女が、流産する前に、彼女の周囲で、子供が死んでいないかどうか、調べてみよう」

と、十津川は、いった。

ずいぶん、ばくぜんとした話だが、調べる価値は、あると、十津川は、思ったのである。

そのために、十津川は、刑事全員に、五年前の新聞に、眼を通すように、いった。

各紙の縮刷版が、捜査本部に、持ち込まれ、それを、丹念に、調べた。

一晩かかって、十津川たちは、興味のあるニュースを、一つ、見つけ出した。

五年前の二月七日に、御殿場(ごてんば)近くで起きた轢(ひ)き逃げ事件だった。

死亡したのは、近くの小学校に通う七歳の少女である。

目撃者はなく、犯人は、まだ、逮捕されていない。

十津川が、この事件に、興味を持ったのは、安田めぐみが、墜死する一か月前の事件であることと、箱根(はこね)に、星野家の別荘があるからだった。

十津川は、すぐ、御殿場署に電話して、この轢き逃げのくわしい話を聞くことにした。

担当の谷口という交通課の刑事が、電話に出て、説明してくれた。

「五年たった今も、犯人があがらずに、苦労しています」

と、谷口は、いった。

「午後二時半頃に、起きた事件だそうですね？」

「そうです。死んだのは、宮内ユキという子供なんですが、学校から帰ったあと、遊びに出かけました。三つ年上のお兄さんと一緒だったんですが、途中で、お兄さんの友だちが現われて、ユキちゃん一人が、近くの公園に行ったんです。道路を横切らなければならないんですが、その時、はねられたと思われます。車は、かなりのスピードで走っていたらしく、ユキちゃんは、十二、三メートル、はね飛ばされていました」

「目撃者は、本当に、なかったんですか？」

と、十津川は、きいた。

「必死に探してみましたが、見つかりませんでした。ただ、車は、あったかも知れません」

「車？」

「そうです。はねた車のすぐあとを走っていた車が、あった可能性があるんです。その車は、急ブレーキをかけて、いったん、停っています。その車の主は、恐らく、はねた車を目撃していると思うのですが、五年たった今も、名乗り出てくれていません」

　と、谷口は、いった。

「はねた車の車種は、わかったんですか？」

「破片が見つかっているので、何とか、特定できましたが、白のベンツ１９８０年製です。ただ、何県の車かわからないので、いまだに、持主が、わかっていません」

　と、谷口は、いってから、

「何か、情報があったんですか？」

　と、きいた。

「いや、そうじゃありません。わかれば、お知らせしますよ」

　と、十津川は、いった。

　電話を切って、十津川は、眼を光らせて、亀井を見た。

「これが、本命なら、面白くなりそうだよ」

「その事件に、星野雅子が、関係している可能性があるわけですか？」

　と、亀井が、きく。

「これは、推理でしかないんだが、五年前の二月七日に、星野雅子は、白のベンツで、箱根の別荘に向っていた。山野辺功が一緒だった。というより、功が、運転していたんじゃないかな」

「そして、七歳の少女をはねて、殺してしまったということですか？」

「そうだよ。はねて、二人は、逃げたんだ」

「それで、雅子は、流産したことを、『タタリだ！』と、叫んだわけですか？」

「そうじゃないかと思うんだがね」

「安田めぐみは、どう関係して来ますか？」

　と、亀井が、きいた。

「この先は、大胆な推理になるんだが、この二人を、安田めぐみが、車で、尾行していたんじゃないかな。そんな車がいた筈だと、地元の警察は、いっているからね」

「安田めぐみは、嫉妬から、二人を、尾行していたんでしょうか？」

「多分ね」

「そして、二人の車が、少女を轢き殺すのを、目撃したわけですね？」

　と、亀井は、いった。が、彼の顔も、次第に、紅潮して来ていた。

「安田めぐみが、轢き逃げの目撃者だったとする。功にとっても、星野雅子にとっても、危険な存在になってしまったわけだよ。めぐみが、二人を脅（おど）したかどうかは、わからない。功に、結婚するなら、黙っていると、いったかも知れん。男としてみれば、爆弾を抱えているようなものだ」

「それで、自殺に見せかけて、殺したわけですか？」

「三角関係のもつれで、傷心自殺ということにしたんだ。功は、申しわけないと繰り返し、商社も、辞めて見せた。誰もが、功を非難はしたが、この話は、疑わなかった」

「週刊誌に、電話したのも、功の可能性が、強くなって来ましたね」

と、亀井が、身を乗り出して来た。

「功は、怖かったんだよ。真相を知られるのがね。そこで、自分を悪者にして、安田めぐみを、自殺に見せかけて、殺し、口を封じてしまったんだ。女を裏切って、自殺させたエリートサラリーマンといわれても、そんなことは、過失致死で逮捕されるのに比べたら、何ともなかったと思うね」

「星野雅子も、一緒に、車に乗っていたとすれば、共犯みたいなもので、結婚することにしたんでしょうね」

と、亀井が、いった。

「そして、安田めぐみを殺した時、弟に、アリバイを作って貰ったので、あとで、弟まで、殺さなければならなくなったんじゃないかな」

十津川が、いった。

「やっと、動機が、見つかりましたね」

「しかし、全部、推理だよ。証拠はないんだ」

と、十津川は、慎重に、いった。

「では、まず、五年前に、星野雅子が、白いベンツを持っていたかどうか、調べてみましょう」

と、亀井が、いった。

(これが、突破口になるだろうか?)

3

星野雅子は、現在、三十歳である。

K大の国文科を卒業している。

当時の同窓生の何人かに、十津川と、亀井は、話を聞いてみた。

その中に、面白い話があった。

雅子は、在学中に、運転免許をとり、父親に買って貰った車を、運転していたというのである。

それだけなら、別に、どうということはないのだが、二年前に会った時、彼女は、免許を、持っていなかった。どうしたのかときくと、車に興味がなくなったので、更新しなかったといったらしい。

「彼女らしくなかったわ」

と、その友人は、十津川に、いった。

「なぜ、彼女らしくないんですか？」

と、十津川は、きいた。

「だって、彼女は、カーマニアだったんですよ。それが、急に、車に興味がなくなったっていうんですもの。結婚して、人生観が変ったのかなって、思ったんですけどね」

「運転手を傭（やと）ったからじゃありませんか？　自分が、運転する必要がなくなったから――」

「それなら、彼女の大学時代から、運転手はいましたわ」

「彼女が大学時代に乗っていた車は、どんな車ですか？」

と、亀井が、きいた。

「国産のスポーツ・カーでした」

「彼女には、外国の高級車の方が、よく似合いそうな気がするんですが」

と、亀井がいうと、その友人は、笑って、

「彼女、自分でも、そういっていましたわ。でも、まだ学生だから、国産で、我慢しろと、お父さんにいわれているんだそうで、卒業したら、ベンツか、ポルシェを、買って貰うんだと、いっていました」

「その車に、乗っているのを、見たことがありましたか？」

十津川が、きいた。

「ええ。卒業して、一年半ぐらいして、彼女の家に、遊びに行ったことがあるんです。その時、ドライブに誘われて、彼女の車に、乗せて貰いましたわ」

「その時の車は？」

「白いベンツ」

と、友人は、歌うように、いった。

「楽しそうに運転していましたか？」

「ええ。もちろん」

「それなのに、最近、運転をやめてしまったんですね？」

「ええ。二年前に、私も、車を持っているんで、一緒に、箱根までドライブしないかって、誘ったんですよ。そしたら、もう、運転は、やめてしまったといっていましたわ。びっくりしたんですけどね」

「なぜ、やめたのか、理由を、いいませんでしたか？」

「事故でも起したのかと思って、きいてみたんですが、そんなことじゃないと、いっていましたわ」

「学校を出てから、白いベンツに乗っていたことは、間違いありませんね？」

と、十津川は、念を押した。

「ええ。ベンツの500SELでしたわ。羨ましかったのを覚えていますわ」

「白いベンツだったんですね？」

「ええ。彼女は、昔から、白が好きでしたから」

と、その友人は、いった。

十津川と、亀井は、満足した。

星野雅子が、白いベンツを持っていたことが、わかったからである。

「面白くなって来ましたね」

と、亀井が、嬉しそうに、いった。

「あの推理が、どうやら、当っていたみたいだな」

と、十津川も、いった。

五年前の事故の時、問題のベンツを、雅子と、功のどちらが運転していたのかわからないが、一人の少女をはねたのは、間違いないだろう。

「あの夫婦に会ってみますか？　どうせ、否定するでしょうが」

と、亀井が、いった。

「そうだな。われわれが、知っていることを、いっておくか」

と、十津川は、微笑した。

4

とうとう、北条早苗刑事は、下関署に逮捕された。

夜になり、星野夫婦が、在宅しているのを確かめてから、十津川と亀井は、星野邸を、訪ねた。

玄関横の車庫をのぞくと、白いロールス・ロイスが、置かれてあった。これは、恐らく、星野夫婦が、自分で運転はしないのだろう。

広い応接室で、十津川と亀井は、星野夫婦と、向い合って、腰を下した。

「いい車を、お持ちですね」

と、まず、十津川が、口火を切った。

「そうですか。大きな車の方が、安全ですからね」

と、功が、微笑した。

「ご自分では、運転されないんですか？」

「もうやめました。若くは、ありませんのでね」

「前に、白いベンツを、お持ちでしたね？　今は、ガレージに、見当りませんが」

と、亀井が、きく。

「いや、ベンツは、持っていませんよ」

功が、強い声で、否定した。

「おかしいですね。奥さんの運転で、白いベンツに、乗せて貰ったという人が、いるんですが」

亀井が、ちらりと、雅子に、眼をやった。

雅子は、白い顔で、

「私は、免許を、持っていませんわ。だから、私が、運転してというのは、間違いだと、思いますけど」

「前は、免許を、持っていらっしゃったんでしょう? その人が、乗せて貰ったのは、まだ、奥さんが、独身の時代だそうです。五、六年前だそうですが」

「そんな昔のことは、よく覚えていませんけれど」

と、雅子は、相変らず、青白い顔で、いった。

「大学時代に、免許を取られたんでしょう? あなたが、その頃、国産のスポーツ・カーに、乗っていたのを、覚えている人がいるんですよ」

十津川が、いうと、雅子は、「ああ」と、肯いて、

「その頃は、若かったですから」

「卒業したあと、白いベンツを、買って貰って、乗っていたという人がいるんですがね。あなたの同窓生の一人なんですが」

と、十津川が、いった。

「それは、何かの間違いですわ」

と、雅子が、いう。

「間違いといいますと?」

「ベンツによく似ていますけど、国産車なんです。国産では、一番大きな車だったから、その人が、ベンツと、間違えたんだと思いますわ」

「国産の何という車ですか？」

「トヨタのクラウンですわ」

「しかし、フロントのデザインが、ずいぶん、違いますよ。なぜ、あなたのお友だちは、ベンツと、いったんでしょう？　ベンツ５００ＳＥＬだといっているんですが」

と、十津川は、いった。

「私には、わかりませんわ。私が、前から、ベンツが好きだといっていたので、ベンツと、思い込んだんじゃないかしら」

雅子は、首をかしげるようにして、いった。

「なぜ、好きなベンツにしないで、クラウンを買ったんですか？」

亀井が、食いさがった。

「大学を卒業したといっても、私は、両親に、食べさせて貰っていましたから、申しわけなくて、ベンツを買ってくれとは、いえなかったんです」

「ご主人は、結婚前、そのクラウンに、乗せて貰ったことが、ありますか？」

十津川は、視線を、功に、移した。

功は、一瞬、迷った様子だったが、

「ええ。二、三回、乗せて貰いましたが――」

と、いった。

否定した方がいいかどうか、頭の中で、考えたに、違いない。

「その時は、どちらが、運転されたんですか？」

と、十津川は、続けて、きいた。

「どっちでしたかね。僕が、運転した時も、あったと思いますよ」

功は、あいまいないい方をした。

「箱根に、別荘をお持ちでしたね？」

「ええ。父が、買ったものですわ」

と、雅子が、答えた。

「お二人で、車で、その別荘へ行かれることもあるんじゃありませんか？」

「行きますが、今は、運転手が、運転してくれます」

と、功が、いった。

「結婚前も、お二人で、車で、箱根へ、行かれたことがあるんじゃありませんか？」

「さあ、どうでしたかね」

「五年前の二月頃というと、まだ、お二人は、結婚されていませんね？」

と、十津川は、少しずつ、核心に触れていった。

「ええ。までしたよ。それが、どうかしましたか？」

と、功は、用心深く、十津川の顔色を見た。

「五年前の二月七日のことを、覚えていらっしゃいますか？」

十津川は、じっと、功と、雅子の顔を見すえるようにして、きいた。

「五年前ですか？」

功は、おうむ返しに、いったが、そのあと、黙って、雅子と、顔を見合せている。

雅子の方が、むしろ表情を変えず、

「五年前のことなんか、覚えていませんわ」

と、いった。

「実は、この日、箱根の御殿場近くで、轢き逃げ事件がありましてね。七歳の少女が、死んでいます」

「なぜ、そんなことを、私たちに？」

雅子は、咎める眼で、十津川を見た。

「実は、この事件の犯人が、まだ、捕まっていないのですよ。ところが、犯人の車のすぐあとを、もう一台、走っていたと、思われるんです。つまり、二台目の車は、犯人の車を目撃しているのではないかということです」

「僕たちには、関係ない」

と、功が、いった。

「地元の警察は、この二台目の車の人間を探していて、うちにも、協力を要請して来たんですよ。それで、調べたところ、箱根に、別荘を持っている星野雅子さんか、当時、つき合っていた山野辺功さんが、問題の車を、運転していたのではないかと、考えるようになったんですよ」

十津川は、そんないい方をした。

二人の反応を、見たかったのである。

「覚えがありませんね」

と、功が、いい、雅子は、

「私たちとは、違うと思いますわ」

と、いった。

「しかし、二月頃、お二人で、箱根の別荘へ行かれたことは、あるんでしょう?」

「さあ、どうでしたかね? 二月みたいな寒い時には、行かなかったと、思いますね」

と、功は、いった。

「あの轢き逃げ事件は、覚えていますか?」

と、十津川は、きいた。

「いや、僕は、覚えていませんね」

「私もですわ」

と、夫婦は、いった。

「それは、残念ですね。われわれは、てっきり、お二人が、犯人の車を、目撃しているのではないかと、期待して、来たんですがねえ」

と、十津川は、いった。

「残念ですが、お力になれません」

と、功が、いった。

それで、会話が、切れてしまったが、亀井が、雅子に、眼をやって、

「失礼ですが、どこか、お悪いんですか？」

「いいえ」

と、雅子が、首を横に振った。

「顔色が、悪いので、病気かと思ったんですが」

亀井は、首をすくめるようにして、いった。

「そんなことは、ありませんわ。病気なんかじゃありません」

「お子さんは、まだですか？」

「ええ。まだですわ」

と、雅子は、いった。

十津川と、亀井は、ここまでで、切り上げて、星野邸を後にした。

パトカーに戻ったあとで、亀井は、車をスタートさせながら、

「効果は、ありましたかね？」

と、十津川に、きいた。

「あの二人は、五年前の事件の犯人だよ」

十津川は、自信を持って、いった。

「そう思われましたか？」

「もし、犯人でなければ、当然、轢き逃げ事件に、興味を持って、いろいろと、質問した筈だよ。あの時に見た車じゃないかとか、考えてね。だが、あの二人は、ひたすら、知らないと、いい張った。普通のリアクションじゃないよ」

「しかし、犯人であることを、証明するのは、難しいんじゃありませんか？」

「唯一(ゆいいつ)の方法は、五年前、星野雅子が、白いベンツを持っていたことを、証明することだよ。これは、可能だと思うよ。ベンツの所有者は、そう多くはない筈だからね」

と、十津川は、いった。

「もう一つ、気になったのは、星野雅子のことです。本当に顔色が、悪かったですよ」

亀井は、車を運転しながら、心配そうに、いった。

「実は、私も、気になっていたんだ。ただの風邪か何かならいいがね」

「まさか、星野功が、危い薬を飲ませているんじゃないでしょうね」

と、亀井が、いう。

「彼女の口を封じるためにか？」

「そうです。あの男は、五年前、轢き逃げの目撃者である安田めぐみを、殺して、口を封じました。そして、次は、弟です。残ったのは、奥さんの雅子だけです。彼女の口さえ封じてしまえば、もう、怖いものはない。そこで、薬を飲ませて、病死に見せかけて、殺そうとしているのかも知れません」

「そうだとすると、使っている薬は、砒素（ひそ）あたりだな」

「そう思います」

「しかし、どうやって調べるんだ？」

と、十津川が、亀井に、きいた。

8 死への予測

1

砒素は、劇薬である。簡単に、買えるものではない。

功が手に入れたとすれば、何か、理由をつけて、薬局から買ったか、持っている友人なり、知人に、わけて貰ったかだろう。

亀井は、友人、知人関係を洗うことを、提案した。

功には、星野興業を通して、多くの友人、知人がいる。その中には、金さえ出せば、砒素ぐらい手に入れてくる人間も、いるだろう。

十津川は、その人間を探す一方、ベンツの捜査も、進めた。

星野雅子は、大学時代、卒業したら、ベンツに乗ると、友人に、いっていたという。とすれば、その時期に、ベンツを買ったとみていいだろう。

彼女が、大学を卒業した年の三月、四月、五月の三か月間の東京陸運局の登録台帳を、見せて貰った。

四月二日に、星野雅子の名前で、新車登録がされているのがわかった。

ナンバーも、亀井が、書き写してきた。

一方、東京にあるベンツの輸入元のうち、新宿にある会社が、星野雅子に、白の500SELを、売ったことも、わかった。登録ナンバーは、もちろん、陸運局のものと、一致した。

この時は、あとで、事故を起すことになるとは、思っていなかったろうから、堂々と、購入し、登録している。

問題の事故が、御殿場で起きたのは、この翌々年の二月七日である。

その時に、国産に乗りかえてしまっていれば、十津川たちの推理は、成立しないことになる。

亀井は、新宿の販売店で、くわしく、聞いてみた。

星野雅子名義で、売却されたベンツのその後である。

この車は、二年後の二月十二日に、事故を起して、廃車になっていることが、わかった。

事故があったのは、甲州街道で、深夜である。

事故を処理した上北沢の警察に行ってみて、奇妙なことが、わかった。

午前二時頃の事故で、問題のベンツは、停車中の大型トラックに、追突しているのである。

「運転していたのは、星野雅子という若い女性でしてね。居眠り運転でした」

と、担当した村田という警官が、西本刑事に、いった。

「それで、事故の状態は、どんな具合だったの？」

と、西本が、きいた。

「かなり激しくぶつかったのと、相手が、戦車みたいな大型トラックですからね。ベンツの前部が、めちゃめちゃに、こわれていました」

「星野雅子の怪我は？」

「それが、幸い、軽傷でした。全治二日と、なっています」

「停車中のトラックに、ぶつかったんだね？」

「そうです」

「トラックは、妙な所に停っていたのかね？」

「いや、道路脇に停車していました。見通しのいい直線区間です」

「それでは、居眠り運転か？」

「はい。本人も、認めています」

「彼女の様子に、おかしいところは、なかったかね？」

「別にありません。ちゃんと、居眠りを認めていますし、それに、トラックの損傷に対しては、修理費を、払っています」

と、村田は、いった。

この報告を、西本から受けた十津川は、なるほどと、思った。

この年の二月七日は、御殿場で、少女が、轢き殺されている。

その時、問題のベンツの前方が、少し、こわれた。小さな破片が、警察の手に渡ってしまった。

そこで、五日後に、雅子が、わざと、ベンツをトラックにぶつけて、廃車にしてしまったのだろう。

ここまでわかっても、十津川は、まだ、慎重だった。

当時、雅子の父親は、まだ健在だった。その父親が、国産のクラウンを持っていて、二月七日は、その車を運転していたと、主張するかも知れなかったからである。

その点を、十津川は、調べることにした。

調べた結果、彼女の父親も、当時、車を持っていたが、ブラウンのジャガーだった。

彼女の父親は、若い時から、ずっと、ジャガーを運転していたといい、その車は、他の者には、運転させなかったということも、わかった。

2

車の調査に比べて、薬の方は、なかなか、わからなかった。

もともと、功が、砒素を使っているという証拠はないのである。

そこで、十津川は、星野家が、よくかかっているという医者に会って、話を聞くことにした。

愛田（あいだ）という六十歳の医者だった。

「もう、星野家とは、二十年以上のつき合いですよ」

と、愛田は、十津川に、いった。

「雅子さんから、最近、具合が悪いという話は、聞いていませんか？」

「いや、聞いていませんよ。それに、ここ、三か月ほどは、一度も、電話が、かかって来ませんね。別に、どこが、悪いということも、聞いていませんから、元気なのだろうと、思っているんですが、違いますか？」

「先日、会った時、顔色が悪かったので、心配なのです」

と、十津川が、いうと、愛田医師は、首をかしげて、

「少しでも悪ければ、私に、電話してくる筈ですがねえ。彼女は、小さい時から、あまり、丈夫な方じゃなくて、よく、診察しましたよ。大学にあがる頃から、丈夫には、なりましたが」

「一度、彼女の自宅を訪ねて、それとなく、様子を見てくれませんか」

と、十津川は、頼んだ。

「何か、よくないことが、彼女に起きているんですか？」

と、愛田は、きく。

「その可能性があるので、先生に、お願いしているんです。思い切って申し上げると、彼女は、ひょっとして、砒素系の毒物を飲んでいるのではないかという気がするのです」

と、十津川は、いった。

「それは、本当ですか？」

愛田は、びっくりした顔で、十津川を見た。

「自分で、そんなものを飲む筈がないから、誰かが、飲ませているということですか？」

「そこは、何とも、申し上げられません」

と、十津川は、いった。

「今夜にでも、星野さんのところへ、行って来ますよ」

と、愛田は、いった。

その結果を、十津川は、待った。

夜の十時過ぎに、愛田医師から、電話が、入った。

「彼女を、診て来ましたよ」

「それで、お医者さんから見て、彼女の健康状態は、どうですか？」

と、十津川は、きいた。

「妙なことが、二つありました。一つは、彼女が、厚化粧をしていたことです。彼女は、いつも、全く化粧をしていないか、していても、ごく、うすい化粧しかしていないんです。それが、今日は、大変な厚化粧で、びっくりしました。恐らく、顔色の悪さをかくすためだったと、思いますね」

「もう一つは、どんなことですか？」

「脈を診たら、乱れているので、精密検査をしないかといったら、ご主人は、反対されましたよ。仲がいいご夫婦だと思っていたんですが、違うんですかねえ」

と、愛田は、いった。

「雅子さん本人は、どういっているんですか？」

と、十津川は、きいた。

「彼女も、今は、診て貰わなくていいと、いっています。しかし、私は、精密検査を、受けるべきだと、思いますがねえ」

「なぜ、反対したんだと思いますか？　ご主人の方が」

「わかりませんねえ。普通の夫なら、奥さんが、嫌だといっても、無理にでも、検査を受けさせるんじゃないですか」

「彼女本人は、どんな表情で、診て貰わなくていいと、いったんですか？」

と、十津川は、きいてみた。

「それが、ほとんど、無表情でしたよ。あんな彼女も、初めて、見ましたね」

と、愛田は、いった。

「何とか、彼女に、精密検査を、受けさせてくれませんか？　どうも、心配なんです」

「そうですねえ。星野さんのいない時に、強引に、彼女を、うちの病院に、連れて来ますかね？　そうでもしないと、出来ませんね」

「やってみて下さい」

と、十津川は、いった。

時間が、なかった。

下関署に逮捕されている北条早苗刑事は、正式に、起訴されてしまった。

もちろん、殺人容疑である。

新聞が、大きく、「現職刑事の犯罪」を、書き立てている。テレビのニュース番組もである。

十津川は、もちろん、弁護側の証人として出席し、彼女のために、弁護する気だったが、それよりも、真犯人を逮捕することの方が、何よりの弁護になる筈である。

「がんばってくれよ」

と、十津川は、亀井たちに、頼んだ。

3

愛田医師から、電話があった。

「すぐ、お会いしたいんですが」

と、彼は、いった。

「星野雅子さんのことで、何か、わかったんですか？」

十津川が、きくと、電話の向うの愛田は、声を落して、

「会って、お話ししたいのですよ」

「いいでしょう。どこがいいですか？」

「私のところへ来て頂けませんか」

と、愛田は、いった。

十津川は、ひとりで、愛田医院へ出かけた。

駅前の一等地に建つ、個人病院である。

夜に入っているので、もう、外来患者の姿はなく、ひっそりと、静かだった。

十津川は、愛田と、診察室で、会った。そこに、星野雅子の、これまでのカルテが、あったからである。

「このカルテを、ごらんになれば、わかりますが、彼女は、丈夫な方じゃありませんが、内臓は、とてもきれいです。心臓も、肝臓も、肺も、胃もですよ。去年十月に、私から、すすめて、ご夫婦の健康診断もしたんですよ。血液も調べましたが、異状なしでした。中

性脂肪も少ないし、尿酸なんかも少なかったんです」

愛田は、その時撮ったレントゲン写真も、見せてくれた。

なるほど、肺も、胃も、きれいだし、心臓も、肥大していない。

「それで、私に、何をおっしゃりたいんですか?」

と、十津川は、レントゲン写真を見ながら、きいた。

「今日、警部さんにいわれたので、星野さんのところに、行きましてね。ご主人のいない時を、見はからってです。そして、雅子さんは、嫌がりましたが、診察させて貰いました」

「それで?」

「胃をやられていましたね。それに、肝臓も脹(は)れていました。去年の十月に調べたときには、そんなに、きれいだったのにですよ」

「何の病気だと、思われますか?」

と、十津川は、きいた。

「肝臓は、丈夫な器官です。雅子さんは、大酒呑(おおざけの)みでもないし、生活も乱れていません。こんな短期間に、肝臓が、そんなに脹れる筈がないんですよ。胃が荒れているのも、不思議です」

「普通の病気じゃないということですか？」

「そうです」

「何だと思いますか？」

「恐しいことですが、何か、毒物を、飲んだのではないかと、思うのですよ。それなら急激な、肝臓の脹れも、理解できます」

「例えば、砒素みたいな毒ですか？」

と、十津川は、きいた。

愛田は、青ざめた顔で、

「まあ、そうです」

「そのことは、雅子さんに、いいましたか？」

と、十津川が、きくと、愛田は、首を横に振った。

「いえば、きっと、ショックが、大きいだろうし、あの家で、何が起きているのか、わかりませんでしたからね。まず、警部さんに、相談しようと、思ったんです」

「それで、よかったと、思いますよ」

と、十津川は、いった。

「あの家には、星野夫婦の他は、通いの運転手と、お手伝いがいるだけです。とすると、毒物を、雅子さんに飲ませているのは、ご主人ということになりますが――」

愛田は、じっと、十津川を見た。

「あの星野さんを、どう思いますか？　ご主人の方ですが」

と、十津川は、逆に、きいた。

「正直にいうと、よくわからないんですよ。雅子さんとの結婚については、ごたごたがあって、週刊誌に書かれたことは、知っています」

「婚約者が、死んだことですか？」

「ええ。それで、彼も、一流商社で働いていたのに、辞めたということも知っています。前に、ご主人と話をしたとき、それだけけして、結婚したんだから、僕は、この結婚を、大事にして来たし、これからも、大事にしていくんだと、いっていましたね」

「立派だと、思いましたか？」

「なかなか、いえないことだと思いましたが、それにしては、彼の表情が、不思議でしたね」

と、愛田は、いう。

「どんな風にですか？」

「何か、他人のことでも、話しているみたいな表情だったんです。それに、雅子さんも、暗い表情で、聞いていましたね。ご主人は、この結婚を、一生大事にしていくと、強調しているのに、彼自身も、雅子さんも、その言葉を信じていないんじゃないかと、思いましたね」

と、愛田は、いった。

「なるほど、わかる気がしますね」

「それで、どうしたらいいと、思いますか？」

と、愛田が、きいた。

4

愛田医師の眼は、真剣だった。

「何とかして、雅子さんを、助けてやりたいんですよ。亡くなったご両親もよく知っていたし、彼女も、子供の時から、知っていますからね」

「精密検査をすれば、砒素か、それに似た毒物を、検出できますか？」

と、十津川が、きいた。

「可能だと思います。毎日のように飲まされているとすれば、体内に、相当量が、残留している筈です」

「あなたが、彼女を、強制的に、入院させるわけには、いきませんか？」

「私のところには、入院設備はありませんが、知り合いの大病院がありますから、入院させることは、出来ます。しかし、問題は、雅子さん自身にあります。私がいくら、説得しても、なぜか、診察を、拒否していますからね。無理に入院させることが、出来るかどうか、わかりません」

「彼女が、拒否しているのは、まだ、夫の愛情を、信じているからですかね？」

十津川が、きいた。

「私には、わかりません」

「どうしたらいいのか――」

と、十津川は、呟いた。

夫の功のいない時に、雅子を、強引に、連れ出すことは、出来なくはない。

しかし、そのあとが、問題である。彼女自身に、その意思がなければ、夫の功が、誘拐で、訴えてくるだろうし、そうなれば、勝ち目はない。

第一、彼女が、砒素を飲んでいるという確証がなければ、令状が、出ないだろう。

「方法は、二つしかありませんね」

と、考えた末に、十津川が、いった。

「二つもあれば、何とかなりますよ。どんなことをすれば、いいんですか？」

愛田が、勢い込んで、きく。

十津川は、苦笑しながら、

「あるといっても、すぐ、何とか出来るものじゃありません。一つは、砒素を、夫の功が、手に入れたことを、証明できればいいと思うのですが、これが、いまだに、わかっていません。もう一つは、何とか、彼女を、説得して、検査を受けさせることですが、これも、すぐには、出来ないことです」

と、いった。

愛田は、がっかりした顔で、

「それじゃあ、どうにもならないじゃありませんか。今の状況では、早くしないと、雅子さんは、死んでしまいますよ」

「わかっています。しかし、当人に、その意思がないのに、検査を受けさせるのは、難しいですからね」

「何とか、なりませんか？」

と、愛田が、重ねて、きいた。

十津川は、また、考えていたが、

「雅子さんが、ひとりで外出することは、ありませんかね？」

と、愛田にきいた。

「ないことはないでしょうが、身体が、弱っているので、買物は、お手伝いに、委せているようです」

と、愛田が、いう。

「あなたが、電話で、彼女を、外へ呼び出すことは、出来ますか？」

「何のためにです？」

「理由は、何でもいいんです。とにかく、彼女を、あの家から外へ出して貰えれば、いいんですよ」

と、十津川は、いった。

愛田は、首をかしげながら、

「やはり、力ずくで、雅子さんを、病院へ連れて行くんですか？」

と、きいた。

「それが出来ないことは、わかっていますよ」

「じゃあ、どうするんですか？」

「とにかく、あなたは、彼女を、呼び出して下さい。その先は、知らない方がいい」

と、十津川は、いった。

愛田は、不安そうな表情になった。

「何をするんですか？　教えて下さい。私も、呼び出す以上は、知りたいですよ」

「わかりますが、あとは、警察に委せてくれませんか」

と、十津川は、いった。

「どうも、よくわかりませんが――」

「先生の信用している病院は、どこですか？　入院できる、設備のしっかりした病院ですが」

十津川は、硬い表情で、きいた。

「この近くの山田病院なら、大丈夫と思います。あそこの院長は、私の知り合いで、信用が、おけます」

と、愛田は、いった。

「わかりました。山田病院ですね」

「何をするのか、教えて頂けないんですか？」

と、愛田は、きいた。

「先生は、知らない方が、いいです。それで、いつ、呼び出してくれますか？」

「いつでも、構いませんよ」

「では、明日の午後二時に、呼び出して下さい」

と、十津川は、いった。

「どこへ呼び出せば、いいんですか？」

「場所は、どこでも構いません。とにかく、あの家の外へ出てくれればいいんです。ただ、遠い場所だというと、車を使ってしまうから、近くがいいですね」

と、十津川は、いった。

5

十津川は、その日、部下の刑事たちを集めて、

「この中で、一番、車の運転の上手いのは、誰かね？」

と、きいた。

西本刑事が、同僚の顔を見廻していたが、

「日下君でしょうね」

「自信があるかね？」

　と、十津川は、若い日下を見た。

「ラリーに出たことがあります」

「いや、速く走らせる必要はないんだ」

　と、十津川がいうと、日下は、変な顔をして、

「じゃあ、車を、どうするんですか？」

「なるべく、ソフトに、人間に、当てる。相手が倒れるが、怪我をさせてはならない。せいぜい、転んだ時の擦り傷ぐらいにしたいんだよ」

　と、十津川は、いった。

「何のために、そんな面倒なことをするんですか？」

　日下が、きいた。

「星野雅子を、病院に入れたいからだ。彼女は、身体が、衰弱しているが、頑として、精密検査を、受けようとしない。夫の功は、なおさら、反対だろう。このままでは、衰弱死しかねない。そこで、無理矢理にでも、病院へ運んでしまおうというわけだよ」

　と、十津川は、いった。

「それで、車を、ぶつけるわけですか？」

「怪我をさせたら大変だから、ソフトに、ぶつけて欲しいんだよ。とにかく、病院へ運びたい」

「救急車を呼んで、運ぶわけですか？」

「最初は、それを考えたが、呼んでいるうちに、彼女が、立ち上って、病院行を拒否するかも知れない。そこで、ぶつけた車で、病院へ運んでしまう。病院は、あの家の近くの山田病院だ」

「病院も、もう決めてあるわけですか？」

西本が、びっくりした顔で、十津川を見た。

「もちろん、決めてあるよ。手際良くやらないと、失敗するからね」

と、十津川は、いった。

「ぶつけた車で、運ぶとなると、パトカーでは、まずいですね」

亀井が、いった。

「もちろん、自分の車を、使って貰うよ」

と、十津川は、いった。

レースではなく、人間にぶつけるというので、日下たちは、一様に、尻込みをした。当然かも知れなかった。軽く当てればいいといっても、万一ということが、考えられるからである。

十津川は、日下に向って、

「嫌な仕事を押しつけて、悪かった。これは、私が、やる。私の方が、経験が豊富で、うまくやれるだろうからね」

と、いった。

日下は、あわてて、「大丈夫です」と、いったが、十津川は、笑って、手を振った。

「いいんだ。最初から、これは、私が、やるべきことだったんだよ。君たちには、他の仕事を、やって貰う。うまく、彼女を、山田病院へ運び、精密検査が出来たら、その時点で、病院から、夫の功に、連絡して貰う。その時、彼が、どんな反応を示すか、君たちで、見張っていて貰いたいんだ」

「すぐ、山田病院へ駈けつけるんじゃありませんか？　仲のいい夫婦を、演じているわけですから」

と、西本が、きいた。

「恐らくね。しかし、あの男は、五年前に、自殺に見せかけて、婚約者を殺し、今度、弟を、殺している。いずれも、証拠はないがね。そして、今、砒素を飲ませて、妻の雅子を、衰弱死させようとしていると、私は、睨んでいる。そんな男だから、どんな行動に出るか、予測が、つかないんだよ」

と、十津川は、いった。

6

亀井は、十津川と、二人だけになると、眉を、ひそめて、

「感心しませんね」

と、いった。

「明日、やることがかい？」

「そうです。いくら、善意から出たことでも、警部が、一般人をはねたという事実は、残りますよ」

「マスコミの恰好(かっこう)のエサになるかな」

と、十津川は、笑った。が、亀井は、相変らず、渋い顔で、

「現職の警部が、人をはねた。それも、捜査中の事件の関係者をはねたと、書き立てますよ」

「わかってるよ」

「もう一度、考え直してくれませんか？　他に、方法があるかも知れません」

亀井が、いった。

十津川は、首を横に振った。

「いろいろ考えてみたんだが、ないんだよ。何しろ、星野雅子自身が、精密検査を、拒否しているからね。かかりつけの愛田医師のすすめも、断っている。無理に、病院へ連れて行くことも出来ない。誘拐にされてしまうよ。子供なら、騙して、連れて行くことも出来るがね。しかし、だからといって、手をこまねいていたら、間違いなく、彼女は、死んでしまう。殺されてしまうんだ。何とかしなければならないんだよ」

「彼女自身、自分が、夫に、砒素を飲まされているのに、気付いていないんでしょうか？」

亀井が、きいた。

「わからないね。気付いているとしたら、彼女は、自分が、死ぬのを知っていて、それを防ごうとしないことになる」

「なぜ、自殺みたいなことを、するんでしょうか？」

「五年前、彼女と、功の乗った車が、御殿場で、少女を、ベンツで、轢き殺した。それが、事件の発端といってもいいんだが、その時、ベンツを運転していたのは、功だったのか、雅子だったのか。雅子だったとすると、その時から、少女を殺したという重荷が、ずっと、彼女の心に、あったことになる。それで、疲れ切って、どうでもよくなっているのかも知れないとは、考えているんだがね」

「すると、彼女は、自分が死ぬのを知っていて、じっと、耐えているわけですか？」

「そうかも知れん」

「功は、それを、知っているんでしょうか？」

「知っているとすれば、なおさら、許せない気がするんだよ」

と、十津川は、いった。

その夜、十津川は、自宅に帰ったが、妻の直子には、何も、話さなかった。車ではねる計画を話せば、直子が、反対するに、決っていたからである。

ただ、十津川は、車を持っていないから、

「明日、君の車を借りるよ」

とは、いった。

直子の車は、イギリスのオースチン・ミニである。

直子は、別に、車を必要とする理由を、聞かなかった。こんなところは、有難いと思っている。

十津川は、翌日、真っ赤なオースチン・ミニに乗って、出かけた。

小さい車だが、安全に、人にぶつけるには、この方が、いいだろう。

亀井は、まだ、反対していた。それが、十津川には、嬉しかった。十津川のことを、心配してくれているのが、わかっているからである。

十津川は、本多捜査一課長にも、この計画は、話さなかった。反対されるに、決っているからだった。

午前十一時に、もう一度、愛田医師に、電話をかけた。

「間違いなく、彼女を、午後二時に、呼び出しますが、何をやるのか、教えて貰えませんか？」

と、愛田が、いった。

恐らく、うすうすは、気付いているのだろうとは、思いながらも、十津川は、

「いえませんが、彼女のためにするのだということは、約束しますよ」

と、いった。

「雅子さんが、死ぬようなことは、ないんでしょうね？」

「そんなことは、絶対に、ありません」

と、十津川は、いった。

十津川は、一時過ぎに、赤いオースチン・ミニに乗って、出かけた。

星野家の近くに着いたのは、午後一時四十六分である。

午後二時に、雅子が、出てくるのを、じっと、待つことになった。

奇妙な気分だった。

故意に、車をぶつけたことは、生れてから、一度もなかった。それを、これから、やろうと、いうのである。

（うまくいくだろうか？）

という不安が、あった。

だが、やらなければ、雅子は、死んでしまうのである。そして、彼女の口は、封じられてしまう。

死んでしまってから、解剖し、体内から砒素が検出されても、功は、彼女が、自分で飲んだのだと、主張するだろう。

そんな真似をさせてはならないのだ。

午後二時を、少し過ぎた時、雅子が、出て来るのが、見えた。

十津川は、ゆっくり、車をスタートさせた。

9　窮地に立つ

1

眼の前を、星野雅子が、歩いて行く。全く、無警戒に見える。

（何を考えているのだろうか？）

と、ふと、思った。

自分の夫が、自分を殺そうとしているかも知れないと考えた時、どんな気持になるものだろうか？

十津川は、そんな気持になるのを振り払って、アクセルに、力を加えた。

オースチン・ミニは、加速し、みるみる、雅子との距離が、縮まった。

軽い衝撃が、走り、眼の前を歩いていた雅子の姿が消えた。

十津川は、ブレーキをかけ、車から飛び降りた。

雅子が、倒れている。

「どうしたんですか?」

と、中年の女が、声をかけてきた。

「ぶつけてしまったんですよ。これから、山田病院に運びます!」

十津川は、大声で、その女にいっておいて、雅子を、抱きあげた。

彼女は、十津川の腕の中で、ぽっかり、眼を開けた。

「何があったんですか?」

と、弱々しい声で、きいた。

「申しわけありません。車をぶつけてしまったんです。これから、病院へ運びます」

「大丈夫ですわ」

「いや、とにかく、心配ですから」

と、十津川は、いい、強引に、彼女を、車に乗せて、山田病院に、運んで行った。

山田病院には、愛田も、待っていてくれた。

診察のために、運ばれて行ったあと、十津川は、愛田医師に向って、

「疲れましたよ」

「これで、検査が出来ます」

と、愛田が、嬉しそうに、いった。

「外傷は、与えなかったと思っているんですが――」

「大丈夫ですよ」

と、愛田が、いった時、突然、診察室の方が、騒がしくなった。

看護婦の甲高い声がする。

十津川が、はっとして、現場に向ったとき、診察室から、雅子が、飛び出して来た。

必死の形相（ぎょうそう）になっていた。

追いかけてきた看護婦が、押さえようとするのを、雅子は、振り払った。

その手に、何か、握られている。よく見ると、注射器だった。

看護婦が、悲鳴をあげて、両手で、顔を蔽（おお）った。

注射器の針の先で、顔を切ったのだ。

指の間から、血が、流れ出している。

「止りなさい！」

と、十津川は、雅子の前に、立ちふさがった。

「気を落ちつけて」

と、愛田医師も、声をかけた。

しかし、雅子は、手に持った注射器を振り廻しながら、出口に向って、突進した。

押さえようとした十津川も、手を切った。

出口でも、悲鳴があがった。

丁度、入ろうとした外来患者が、雅子に、突き飛ばされたのだ。六十代の女性だった。

その患者が、乗って来たタクシーが、病院の前にとまっている。雅子は、それに、走り込んだ。

タクシーが、走り出す。

十津川は、呆然として、それを、見送るより仕方がなかった。

右手の掌から、血が流れ出しているのも、十津川は、忘れていた。

雅子の動きは、まるで、傷ついた野獣だった。どこに、あんな力があったのだろうか？

それよりも、あの形相に、十津川は、圧倒されてしまったのだ。

無理に制止したら、舌を噛んで死にそうな感じがしたのである。

一息つくと、十津川は、やっと、右手の傷に気がついた。

そこを押さえて、診察室の方へ歩いて行った。

中に入って行くと、看護婦たちが、室内を片付けているところだった。

中年の医者が、まだ、呆然とした顔をしている。

「顔を切られた看護婦さんは、大丈夫ですか？」

と、十津川は、声をかけた。

医者は、やっと、気を取り直した感じで、

「手当てをしたから、大丈夫です。しかし、驚きましたよ」

と、いった。

「何があったんですか？　なぜ、あんなになったんですか？」

「私にも、わかりませんよ。ここに運ばれたときは、ぐったりしていたのに、突然、狂ったように、暴れ出したんです。眼がすわってましたね。そこにあった注射器をつかんで、振り廻したんです」

医者の声は、ふるえていた。

2

十津川は、右手の手当てをして、いったん、捜査本部に戻った。

その日の夜になって、十津川は、三上刑事部長に、呼ばれた。

三上は、苦り切った顔をしていた。

「まずいよ。君」

と、三上は、いきなり、十津川に、いった。

もちろん、部長が、何のことをいっているのか、すぐわかったが、十津川は、惚けて、

「何のことでしょうか？」

と、きいた。

「今、星野家の顧問弁護士が、やって来たんだ。君を、告発すると、いっている。マスコミにも、発表すると、息巻いていたぞ」

「そうですか」

「君は、星野雅子を、車で、轢き殺そうとしたそうじゃないか」

と、三上は、いった。

「それは、違います」

「どう違うんだ？」

「たまたま、私の運転していた車が、彼女に、接触してしまったので、急いで、近くの病院に運びました。それだけのことです」

「向うは、そうはいってないぞ。警察が、自白を強要し、それに逆らうと、今度は、轢き

殺されそうになったと、いっている。証人もいると、いっているんだ」

「証人ですか？」

「そうだよ。見ていた人間がいるんだそうだ。君が、故意にはねたことは間違いないと、いっている」

「それは違いますね」

「しかし、君は、星野家の近くで、はねたそうじゃないか？」

「そうです」

「何をしに、行っていたんだ？」

「事件のことで、話を聞きに行っていたんです」

「間違いないのかね？」

「間違いありません」

「はねた車は、赤い小さな車だったといっているんだ。君は、パトカーで行ったんじゃないのかね？」

「自分の車で、行きました」

「なぜ？」

「人間同士の話し合いをしたかったからです」

と、十津川は、いった。

「そして、話をする代りに、相手を、はねてしまったのかね？」

「結果的には、その通りです」

「まずいねえ。本当に、まずいよ」

三上は、眉をひそめて、十津川を見た。

「はねたのは、事実ですから、その責任は、とるつもりです」

と、十津川がいっても、三上は、渋い表情を崩さずに、

「それですむことじゃないよ。向うは、マスコミにも、話そうと、いってるんだ」

「私も反論します」

「そんなことをしたら、ますます、まずいことになるんじゃないかね？」

「黙っているわけにもいきません」

と、十津川は、いった。

「とにかく、情勢によっては、君に、謹慎して貰わなければならんよ」

と、三上は、いった。

十津川が、戻ると、亀井が、心配そうに、寄って来た。

「どんな具合ですか？」

「星野家の顧問弁護士が、私を告発するそうだ。マスコミにも、発表するといっているらしい」

と、十津川は、いった。

「告発するって、どんな風にですか？」

「わからないが、星野雅子を、轢き殺そうとしたということでだろうね」

「警部は、どうされますか？」

「実際に、告発されてから、考えるよ。彼女が、なぜ、そんな行動に出て来たのか、それを考えたいんだよ」

「彼女は、なぜ、病院から、逃げ出したんでしょうか？」

と、十津川は、いった。

亀井が、きいた。

「それは、決ってる。砒素を検出されるのが、怖かったからだよ」

「しかし、自分で飲んでるわけじゃないんでしょう？」

「だが、怖いんだ」

と、十津川は、いった。

そこが、問題でもあるのだ。

3

星野家の顧問弁護士の言葉は、嘘ではなかった。

翌日、新聞記者を集めて、「事件」の報告をしたのである。

現職の捜査一課の警部が、容疑者に自供を迫り、拒否されると、腹を立てて、轢き殺そうとしたといった。

「その容疑だって、ただ単に、十津川警部が、思い込んでいるだけなのです。それなのに、自供しろという。星野雅子さんは、犯人じゃないんだから、当然、拒否した。そうしたら、カッとして、車で、轢き殺そうとした。めちゃくちゃですよ」

と、堀井弁護士は、記者たちに向って、いった。

「本当に、十津川警部が、はねたんですか？」

「証人はいるんですか？」

という質問が、記者たちから出ると、堀井は、証人を、紹介した。

星野家の近くに住む、近藤弓子という四十一歳の主婦である。

彼女は、記者たちを前に、興奮した口調で、喋った。

「二時頃だったと思いますよ。スーパーへ買物に行くんで、家を出たんです。そしたら、星野の奥さんも、家から出て来たところで、声をかけようとしたら、急に、赤い車が、近づいて行ったんですよ。危いなと思っていたら、その車が、星野の奥さんを、はねたんです。いいえ、ブレーキなんか、かけませんでしたよ。星野の奥さんが、ばったり倒れて、私は、死んだのかと思いましたねえ。車から、中年の男が、飛び出して来ました。私が、声をかけたら、これから、山田病院へ連れて行くっていって、車に乗せて、走って行っちゃったんですよ」

「その男は、この人ですか?」

と、記者の一人が、十津川の写真を見せた。

「ええ。この人ですよ」

「なぜ、はねたと思います? 運転を間違えたか、それとも、故意に、はねたかのどちらだと思いますか?」

「そりゃあ、わざとですよ」

「なぜ、そう思うんですか?」

「あそこは、まっ直(す)ぐな道なんですよ。それに、星野の奥さんは、道の端(はし)を歩いていたんです。それなのに、うしろからはねたんだから、わざとに、決っているじゃありませんか」

と、弓子は、いった。

最後に、堀井弁護士が、

「二つ、付け加えておきたい。第一は、十津川警部が、その時、パトカーでなく、赤いオースチン・ミニに乗っていたことです。勤務中なのに、なぜ、自分の車に乗っていたんですかね。私は、不思議で仕方がないのですよ。第二は、十津川警部が、道路に、車を停め、星野雅子さんが出てくるのを、待ち構えていたということです」

「星野さんが、その時、外出したのは、偶然ですか?」

「いや、主治医の愛田医師に、呼び出されたんです。ちょっと話したいことがあるといわれ、あわてて、家を飛び出しました。それを、十津川警部は、家の前で、待ち受けていて、車ではねたんですよ」

と、堀井は、いった。

「このまま、書いていいですか?」

記者の一人が、きいた。さすがに、半信半疑だったのだろう。

「書いて下さい。これは、事実ですから」

と、堀井は、きっぱりと、いった。

この日の夕刊が、大変だった。

一面にこそ出なかったが、社会面を、大きく飾った。

とにかく、捜査一課の警部が、故意に、人をはねた疑いがあるというのである。

ニュース価値は、十分だった。

クエスチョンマークつき、十津川の名前は、イニシャルだったが、それでも、刺戟(しげき)的な文字が、躍った。


〈T警部が、事件の関係者をはねる！〉

〈故意にはねたと、弁護士が、激怒〉

〈なぜか、自家用車で、待ち受けていたT警部〉

〈困惑する警視庁〉


テレビも、もちろん、この事件を、追いかけた。

当然、十津川の釈明を、求めて、記者たちが、殺到した。

「明日、記者会見すると、いっておいて下さい」

と、十津川は、三上刑事部長に、いった。

「釈明できるのかね?」

三上が、心配そうに、きいた。

「わかりませんが、事実を話せば、納得してくれると、思っています」

と、十津川は、いった。

「納得しなかったら、どうするのかね?」

「責任を取る覚悟は、出来ています」

と、十津川は、いった。

4

十津川に、記者たちを説得する自信があるわけではなかった。が、逃げ廻っているわけにも、いかないのである。

恐らく、それは、十津川に対する追及大会になるだろう。

警察が、巨大な権力を持っている限り、その警察を糾弾(きゅうだん)することは、ニュースバリューがあるし、記者たちも、張り切るのは、自明の理である。

翌日の午後一時に、十津川は、記者会見を行った。

集った記者たちの眼を、一眼見て、彼等が、何を期待しているのか、すぐ、わかった。十津川の弁明よりも、新たな弾劾（だんがい）の記事の方が、面白いに、決っているのである。

代表格のN新聞の田辺（たなべ）記者が、まず、手をあげて、「最初に、お願いしておきますが、われわれは、警察の下手（へた）な弁明を聞きたくて、集ったんじゃありません。本当の話を聞きたいんですよ。十津川警部が、自分の車を、事件の捜査中に走らせていて、張り込みをしていたなどという言葉を、信用は、出来ない。絶対にです。それを、まず、いっておきたいと、思います」

と、釘（くぎ）を刺して来た。

十津川は、苦笑した。

「わかりました。あなたの忠告は、頭に入れておきます」

「全て、正直に話して下さるんですね？」

田辺記者が念を押した。

「話しますよ。その代り、そちらも、事実を、そのまま、報道して欲しいのです。変に、ねじ曲げずにです」

と、今度は、十津川の方から、注文を出した。

「その点は、われわれも、賛成ですよ。事実を報道するのが、新聞の使命ですから。ただし、何が事実かを、判断するのは、警察ではなく、われわれ、マスコミだということも、頭に入れておいてくれないと困ります。われわれは、警察の代弁者じゃないのですから」

「いいでしょう」

と、肯いて、十津川は、また、苦笑した。

つまり、田辺のいっていることは、簡単にいえば、事実は、ねじ曲げられることもあり得るということなのだ。

だが、それを、いちいち指摘したら、相手は、ますます、敵対的になって行くだろう。

「事実の確認を、最初にしたいのですが、あなたの運転する車が、午後二時に、星野雅子さんをはねたことは、間違いありませんか?」

記者の一人が、やんわりと、きいた。

「間違いありません」

「その時、警部は、パトカーでなく、自家用車、くわしくいうと、奥さん名義の赤いオースチン・ミニに、乗っていたわけですか?」

「答えは、イエスです」

「なぜ、張り込みに、そんな車を使ったんですか? 普通は、覆面パトカーを、使用するんじゃありませんか?」

「そうですが、この場合は、特別でした」

「どう特別なんですか？」

と、相手が、きく。

十津川は、小さく咳払いをしてから、

「私が、極めて個人的な考えで、あることをしようと思ったからです」

「つまり、星野雅子を、車で、轢き殺そうと思ったということですか？」

記者の一人が、意地悪く、いい方を、変えて見せた。

十津川は、首を横に振った。

「違います。星野雅子を、助けようと思ったのです」

「驚きましたね。車ではねることが、人助けに、いつからなったんですか？」

「彼女は、今、死にかけています」

「それは、あなたが、車で、はねたからでしょう？」

「いや、違います。彼女は、砒素中毒にかかって、死にかけているんです」

「砒素ですか」

「何のことです？」

「今度の事件と、砒素が、どんな関係があるんですか？」

記者たちは、突然、十津川の口から飛び出した言葉に戸惑い、あわてて、質問を、十津川に、浴びせてきた。

「理由はいえませんが、彼女の身体は、砒素によって、徐々に、むしばまれています。彼女の両親の代から、主治医として診て来た医師も、彼女が、明らかに、砒素系の毒のために、衰弱していると、証言しています」

と、十津川は、いった。

「それなら、なぜ、星野雅子は、医者に、診て貰わないんですか?」

「なぜか、彼女は、診察を、拒み続けているのです。理由は、いろいろ考えられますが、今は、そんなことを、問題にしてはいられない。死にかけているからです。とにかく、私としては、彼女を、助けなければなりません。彼女は、人道上の問題もあるし、彼女が、われわれの捜査している事件のカギを握っていると思うからです」

「それで、車ではねたんですか?」

「端的ないい方をすれば、その通りです。私としては、無理矢理にでも、医者の診察を受けさせたかったのです。主治医は、あの衰弱は、砒素系の毒によるものだとみていますが、証拠はない。私も、経験から、同じようにみていますが、証拠がなければ、どうすることも出来ない。そこで、車を当てて、病院に担ぎ込み、強制的に、診察を、受けさせようと思ったわけです」

　と、十津川は、いった。

　しかし、記者たちの顔は、十津川の言葉を信じようという気配はなかった。

　あまりにも、唐突に、砒素が、飛び出してきたのと、これは、十津川の悪質な弁解だという思いがあったからだろう。

「信じられないなあ」

　と、記者の一人が、呟いた。

「警部も、主治医という人も、星野雅子が、砒素中毒だという証拠は、持っていないんでしょう？」

　と、他の記者が、眉をひそめて、十津川を見た。

「持っていません」

「それじゃあ、警部の言葉は、信じられませんよ」

「あなた方の力で、星野雅子を、入院させ、精密検査を受けさせることが出来れば、証明される筈ですよ」

　と、十津川は、いった。

「警部は、彼女が、砒素中毒にかかっているといわれるが、彼女に、砒素を飲ませているのは、誰だと思われるんですか？」

「それは、申し上げられません。想像はつきますが、証拠のないことですから」

「あなたは、捜査一課の刑事でしょう？　それなら、ちゃんと、調べたらいいじゃありませんか」

と、田辺記者が、いった。

「私は何よりも、まず、星野雅子を、助けたいのです。犯人探しは、そのあとですよ。だから、皆さんから見れば、非常識ともとれる手段をとりました。車を、彼女にぶつけて、病院に運びました。そうすれば、否応なしに、彼女が、精密検査を受け、砒素中毒が、明るみに出ると、期待したからです」

十津川が、答えると、今度は、二十代の若い記者が、挑戦的な口調で、

「それで、砒素中毒が、明るみに出たんですか？　実際には、それどころか、あなたは、殺人未遂で、告発されたわけでしょう？」

と、いった。

十津川は、逆らわずに、「その通りです」と、肯いた。

「私は、車を、彼女にぶつけましたが、時速、わずか、二、三キロです。少しでも、傷つけるのが、怖かったからです。とにかく、病院に運んで、精密検査を、受けさせたい。そ

れだけが、願いだったわけです。もし、向うの弁護士がいうように、轢き殺す気なら、時速二、三キロというスピードで、ぶつけたりはしませんよ。それに、彼女は、さっさと、病院から抜け出して、自宅に帰ってしまっています。自宅に、医者を呼んだ形跡もありません。もし、怪我でもしているというのなら、信頼できる病院で、精密検査を受けて下さいといいたい。その時には、外傷の他に、内臓の検査も、受け、それを、発表して貰いたいと思いますね」

「もし、外傷だけがあって、砒素中毒は、見られないとなったら、どうするつもりですか？」

と、K新聞の相川記者が、きいた。温厚な性格の記者だが、今日は、眼がきつかった。警察の不正は許さないぞという眼をしている。

十津川は、まっすぐに、相川を見つめた。

「その時には、当然、私は、警察を辞職し、裁判を受けることになるでしょうね。故意に、車を、彼女にぶつけたわけですから、殺人未遂で、告訴されるかも知れない。そのくらいのことは覚悟していますよ」

「それを記事にして、構いませんか？　捜査一課の警部としての言葉として、書いておきたいのです。構いませんね？」

「念を押すこともないよ」

と、十津川は、苦笑した。

「今の発言を、撤回する気はありませんからね。私の願いは、今もいったように、彼女を助けたいということだけです。彼女が、正直に話してくれることで、事件が、解決するからでもあります」

「しかし、警部。今、捜査一課の北条刑事が、殺人容疑で、起訴されていますね」

と、いったのは、田辺記者である。

「あれは、間違いです。北条刑事は、罠にはめられたんですよ。それを、われわれは、証明するつもりで、捜査を進めています」

「しかし、県警が、逮捕し、送検したわけでしょう？　同じ警察の中だから、余程、確証がなければ、逮捕したり、送検したりはしないんじゃありませんか？」

と、田辺は、意地悪く、きく。

「それだけ、巧妙な罠にはめられたということです」

と、十津川は、いった。

5

「しかし、警部。北条刑事は、すでに、起訴まで、されているんですよ。罠にはめられたとか、無実だといっても、説得力がありませんね」

と、田辺が、食いさがった。

「普通の会社だったら、警察に逮捕された時点で、会社を馘になっていますよ。北条刑事は、まだ、警察を辞めてはいないんでしょう？」

と、他の記者が、きいた。

「明らかな誤認逮捕ですからね。それに、真犯人も、わかっています」

十津川は、自信を持って、いった。

「では、なぜ、真犯人を逮捕しないんですか？　部下思いの十津川警部らしくないじゃありませんか」

「証拠が見つかり次第、逮捕して、北条刑事の無実を、証明するつもりだよ。それも、間もなくだと、考えています」

「それにしても、前に、現職の刑事が、殺人容疑で逮捕、起訴され、今度、その上司が、殺人未遂で告発されている。これは、大変なことじゃありませんか？　警視庁捜査一課は、犯罪者の集りといわれても、仕方がないんじゃありませんか。どうなんですか？」

「そんな風には、思っていませんよ」

と、十津川は、いった。

質問した古手（ふるて）の記者は、眉を寄せて、

「それは、楽観的すぎると思いますよ。思いあがっているといってもいい。社会に与えた影響も、大きい筈だ。何しろ、悪人を逮捕すべき女刑事が、列車内で、男を殺して逮捕されたり、優秀な刑事として信頼されていた十津川警部が、殺人未遂で、告発されているわけですからね。人々は、いったい、何を信じたらいいのか、わからなくなりますよ。以前、拾得物を、猫ババして、問題になった警官がいましたが、あんなものと比べようがないくらい、大きな影響を、与えると思いますね。一般市民に対して、あなたとして、どう責任をとろうとしているのか、それを、教えて貰えませんか？」

と、いった。

十津川は、相手を、強い眼で、見返して、

「ここでは、お騒がせして、申しわけなかったと、頭を下げるべきなんでしょうが、私には、それは、出来ません。一つの事件のために、先に、北条刑事が、無実の罪に問われ、

今、星野雅子が、砒素中毒で、死にかけているからです。一つが解決すれば、もう一つも、解決するのです。今もいったように、真犯人も、わかっているのです。それなのに、頭を下げたのでは、かえって、世をあざむくことになります。だから、申しわけないとは、いいません」

「それなら、われわれは、その通り、書きますよ。十津川警部は、傲慢にも、社会の指弾など、平気だ。正しいのは警察だと、大見得を切っていると。それでも、いいんですか?」

「ちょっと、待って下さい」

と、同席していた三上刑事部長は、あわてて、口を挟んだ。

「何ですか?」

と、相手の記者が、三上を、見た。

「十津川警部は、真相を明らかにしたいという熱情のあまり、一般常識からは、外れた手段をとってしまった。そのことについては、反省しているのですよ。われわれも、星野雅子さんには、お詫びをするつもりでいるんです。その点は、了承して欲しいのですがね」

と、三上は、いった。

「すると、警視庁としては、十津川警部に対して何らかの処分をする方針なんですか?」

相手の記者が、言質を取ろうとして、食いさがった。

「まだ、どうなるかは、決めていませんが、とにかく、目的は、何であれ、星野雅子さんを、十津川警部が、はねたことは、事実ですから、その点は、お詫びしたいと思っているわけです。十津川警部の処分は、そのあとということになります」

と、三上は、必死に、いった。

「社会に対しては、申しわけなかったという表明は、するんですか？　それとも、頬かぶりする気ですか？」

「社会を、お騒がせした点は、申しわけなかったと、思っています」

「しかし、当事者の十津川警部は、全く、思っていないみたいですがねえ」

相手は、じろりと、十津川を、睨んだ。

「私が、謝って、それで、全てが解決するならいくらでも謝りますよ。しかし、そうしている間に、星野雅子は、死んでしまい、事件は、うやむやにされてしまうんですよ」

と、十津川は、大声で、いった。

10　攻撃

1

四面楚歌(しめんそか)に近い状況になった。

十津川警部は、直ちに、辞職せよと書いた新聞が、三紙もあった。

まさに、楚歌ばかりである。

三上刑事部長は、十津川に、捜査から手を引けとはいわなかった。

いつも、世評を気にする三上にしては、珍しいことだったが、十津川を、強力にバックアップしようということでもなかった。

三上は、意外な事の成り行きに、戸惑っているだけなのだろう。

「急ぐ必要がありますね」

と、亀井が、いった。

「それは、わかっているよ」

十津川は、難しい顔で、いった。

問題は、どうやって、突破口を開くかである。

「星野雅子は、家に閉じ籠ったまま、出て来ません。電話をしても、留守番電話が応えるだけです」

と、西本刑事が、いう。

「夫の功が、電話に出さないんでしょう」

と、亀井が、いった。

「とすると、彼女を、医者に連れて行くのは、ますます、難しくなったと考えざるを得ないね」

十津川は、努めて、冷静に、いった。

「しかし、警部。このままでは、事態は、悪化するばかりですよ。北条刑事だって、助けられません」

若い日下刑事が、不安気な表情を見せて、いった。

指揮者が、弱気を見せれば、それは、たちまち、部下に伝染してしまうだろう。

「これから、われわれが、やるべきことは、いくつかある。それに、全力を尽くして欲しい」

と、十津川は、落ち着いて、いった。

「それを、いって下さい。どんなことでも、やりますよ」

亀井が、十津川の顔を見た。

「第一は、北条刑事にそっくりの女を見つけ出すことだが、恐らく、これは、無理だろう。罠が成功したあと、彼女を、国外へ出してしまったか、殺して、山奥へでも、埋めてしまったのだろう。とにかく、簡単には、見つけ出せない」

と、十津川は、いった。

「殺された探偵社の人間の件は、どうですか？」

と、亀井が、きく。

「日野冴子と、彼女の元の夫の三村泰介のことか？」

「そうです。二人とも、星野功に殺されたに違いありません。或いは、雅子も、共犯かも知れません」

「しかし、その件で、あの夫婦を逮捕は出来ません。日野冴子は、三村が殺したのかも知れませんし、その三村は、勝手に、ビルから墜死しています。あれは、明らかに、星野功が、罠にかけたんだと思いますが、彼には、厳然としたアリバイがありますし、罠にかけたことを、証明するのは、難しいですよ」

「わかっている。だが、彼等は、五百万円という、まとまった金を手に入れているんだ。もちろん、その金は、星野功をゆすったものだし、三村は、更に、もっと多くの金を手に入れようとして、功に、殺されたとしか考えられない。三村は、他人に、その話をせずに、功をゆすっていただろうが、日野冴子の方は、どうかな？　女だし、根っからの悪人とは思えない。彼女が、星野功をゆすっていたとしても、多分、三村に、そそのかされたんだろう。従って、彼女が、他人に、その話を、もらしている可能性がある」

と、十津川は、いった。

「彼女の周辺の人間に、当ってみます」

「念のために、三村泰介の関係者にも、当ってみてくれ」

と、十津川は、いった。

西本と、日下の二人が、出かけて行ったあと、十津川は、亀井に向って、

「他に、何か出来ることがあったかな？」

と、きいた。

「安田めぐみの件があります。彼女は、失恋し、マンションから、飛び降りて自殺したこ

とになっていますが、実際は、功が、突き落したんでしょう。功のアリバイは、弟の山野辺宏が、証言しましたが、その宏も、殺されてしまいました。しかし、ひょっとすると、安田めぐみが、自殺でなく、殺されたに違いないと考えている人間がいるかも知れません。友人や、知人にです。そうした人間が見つかれば、われわれにとって、プラスになるんじゃないでしょうか？」

と、亀井が、いった。

「清水刑事にでも、調べさせるかな」

「私も、彼と一緒に、調べて来ます」

と、亀井は、いい、清水刑事と一緒に、出かけて行った。

十津川が、ひとり残っていると、愛田医師から、電話が、かかった。

「新聞は、見ましたよ。ひどいものですね」

と、愛田は、同情するように、いった。

「覚悟していましたから、別に、どうということもありませんよ」

十津川は、苦笑しながら、いった。

「新聞も、テレビも、彼女が、砒素を飲まされているのを、信じていませんね。私のところにも、記者たちが、聞きに来たので、砒素を飲んでいるのは間違いないといったんですが、新聞を見たら、私の言葉は、のっていませんでしたよ」

「彼女自身が、否定しているから、のせんでしょう」

「そうですね。なぜ、彼女は、自分を助けようとしないんですかねえ。まるで、死を願っているとしか思えません」

「私も、同感ですよ」

と、十津川は、いった。

「ただ、新聞が、これだけ、大きく扱ったとなると、彼女のご主人も、砒素を続けて飲ませることは、怖いから、遠慮するんじゃありませんかね。それだけが、救いなんですが」

と、愛田が、いった。が、十津川は、すぐには、賛成できなかった。

「私も、そうだといいと思いますが、星野功は、すでに、何人もの人間を、殺しています。逆に、追い詰められた気分になって、一刻も早く、妻の雅子を、殺そうと考えるかも知れません」

と、十津川は、いった。

「あり得ますか？」

「残念ながら、あり得ますね。私は、それを心配しているんです」

「どうしたらいいですか？　ご主人の方を、逮捕するわけには、いきませんか？」

「そりゃあ、出来れば、逮捕したいと思いますが、それだけの証拠が、見つかっていないのですよ」

十津川は、唇を嚙む調子で、いった。

2

十津川は、亀井たちの力を、信頼している。だからこそ、今日まで、一緒に、仕事をして来られたのである。

今日も、彼等が、何とかしてくれるだろうと期待していた。もちろん、何とかしてくれなくても構わない。自分が、警察を辞めればいいのである。そのあと、殺人未遂で、告発されても構いはしないとも、思っていた。

星野功のほうは、新聞に、十津川糾弾（きゅうだん）の記事が出たあと、急に、トーン・ダウンしてしまった。

向うの弁護士も、告発すると、いい続けているが、具体的な行動には出て来なかった。

もし、裁判になったとき、星野雅子の精密検査が、怖いのだろう。

そこは、安心なのだが、愛田医師にいったように、功が、いっきに、妻の雅子を殺してしまうのではないか。それが、十津川には、心配だった。

それも、功のことだから、ただ、殺しはしまい。自殺に見せかけて殺し、警察に対する抗議の死のように、発表するかも知れない。そんな風に、もって行かせては、ならないのだ。


西本と、日下から、電話の報告が入った。

「日野冴子の知り合いを、今、当っています。今までに、三人ほど、話を聞きましたが、その一人が、彼女から、大金が手に入ると聞いたことがあるといいましたが、具体的な話はなかったそうです。日野冴子が、星野夫婦か、功一人を、ゆすっていたのは、間違いないと思われますが、はっきりした話が聞けるまで、やってみます」

と、西本が、いった。

その一時間後に、今度は、亀井から、連絡が、あった。

「安田めぐみの友人に、当っています。その中の一人が、彼女が死ぬ前日に会ったそうです。清水刑事が、その女性を、連れて行きますので、直接、話を聞いて下さい。私は、引き続き、安田めぐみの友人たちに、当ってみます」

と、亀井は、いった。

しばらくして、清水刑事が、小柄な女性を、連れて、戻って来た。

現在、離婚して、商事会社に勤めているという宮本由美子という女性だった。

めぐみとは、高校、大学と、一緒だったという。

「彼女が死ぬ前の日に、会ったそうですね？」

と、十津川が、きくと、由美子は、大きく肯いて、

「だから、自殺したと聞いて、びっくりしたんです」

「びっくりしたというのは、自殺なんかするとは、思わなかったからですか？」

「ええ」

「しかし、恋人が、他の女に走ったのに絶望して、自殺したということになっていますよ。それでも、自殺するとは、思いませんでしたか？」

「そのことも、聞いていましたわ」

「恋人に、他に女がいることをですか？」

「ええ」

「どんな風に、めぐみさんは、話していたんですか？」

と、十津川は、きいた。

由美子は、その頃のことを思い出すように、ちょっと、宙に視線を走らせてから、

「その二週間くらい前に、彼女から、悩みをうち明けられていたんです。結婚を約束した

人が、他に、女を作ったといって。その女は、金持ちの娘で、別荘も持っているから、彼はそこに、引かれたのかも知れないとも、いっていましたわ」

「それで、死ぬ前日に会った時は、どうだったんですか？」

「実は、彼女のことが心配で、会いに行ったんです。失恋して、自殺でもするんじゃないかと思って。そしたら、元気なんで、びっくりしたんですよ。それで、彼とは、うまくいったみたいねって、聞きました」

「そしたら、彼女は、何といいました？」

「彼が、女と別れると約束してくれたというんです。やっぱり、彼は、あなたが好きだったわけねって、私は、いいました。そうだと思ったからですわ。そしたら、彼女は、ちょっと違うって、いうんです。なんでも、向うの女の弱味をつかんだから、いつでも、脅かすことが出来る。彼も、それを知ってるから、別れる気になったんだって。彼女、そういったんです」

「向うの女の弱味を、つかんだといったんですね？」

「ええ」

「それが、どんなことか、めぐみさんは、いいましたか？」

「私は、聞きましたけど、彼女は、笑って、教えてくれませんでした。ただ、表沙汰にすれば、警察に捕まるようなことだと、いっていましたわ。もし、彼を奪おうとしたら、警察に、連絡してやるつもりでいるのって、彼女、いっていました。怖いような眼をして」

「それで、自殺するのは、おかしいと、思ったんですね？」

「ええ、向うの女の弱味をつかんだというのが、嘘とは思えませんでしたから」

「彼女が、相手の女を、脅したので、マンションから突き落されて、殺されたとは、思いませんでしたか？」

と、十津川がきくと、由美子は、びっくりした表情で、

「そうだったんですか？」

「その可能性はあります。ただ、証拠がないんですよ」

「証拠？」

「そうです。めぐみさんは、車の運転が出来ましたか？」

「ええ。免許は、持っていましたわ」

「自分の車も、持っていましたかね？」

「最後に会った日ですけど、最近買ったという車で、送ってくれましたわ。中古車でしたけど、それで、彼とデートするのかと思ったのを、覚えていますわ」

と、由美子は、いった。

「車の中で、どんなことを話したか、覚えていますか？」

「いろいろな話をしましたけど」

「遠出をした話はしませんでしたか？」

「そういえば、箱根へ行ったとか、いってましたわ。とても、スリルがあったって」

と、いって、由美子は、微笑した。

「どんなスリルだったか、めぐみさんは、いいましたか？」

「聞いたけど、彼女は、笑っているだけでしたわ」

「めぐみさんが、恋人の相手の女を、どうやって、脅かす気だったのか、それを、知りたいんですがね」

「私も、くわしく聞いておけばよかったんですけど、本当に、知らないんです。残念ですわ」

と、由美子は、いった。

だが、十津川は、礼をいって、彼女に、帰って貰った。

やはり、安田めぐみは、事故を、目撃していたのだと、十津川は、思った。

恋人の功と、星野雅子が乗ったベンツを、彼女は、尾行していて、ベンツが、人身事故を起すのを、目撃したのだ。

めぐみは、それをネタにして、星野雅子を脅かし、功から、手を引かせようと、考えていたらしい。死ぬ前日もである。

と、すると、ベンツを運転していたのは、功ではなく、雅子だったのかも知れない。

安田めぐみは、これで、恋人の功を、取り戻せると、信じていたのだ。

だが、その彼女を、功は、自殺に見せかけて、殺した。

そこには、功の計算があったのだろう。雅子が、ベンツを運転していたのだとすると、目撃者のめぐみを殺すことで、恩を売ったのだろう。

(だが、これでは、まだ、星野夫婦を、逮捕は出来ない)

とも、十津川は、思った。

3

どれも、今すぐには、突破口になりそうになかった。

十津川は、やはり、星野夫婦を、直接、攻めることを、考えた。

「なぜ、星野功が、急に、妻の雅子を殺そうと考えたんだろう?」

と、十津川は、亀井の考えを聞いた。

「普通に考えれば、彼女の口封じでしょう。功は、実の弟も昔の恋人も殺しています。残っているのは、妻の雅子だけです。彼女の口を封じれば、もう、怖いものなしと、思ったんでしょう」

「それで、砒素か？」

「そうです。安田めぐみは、自殺に見せかけて殺しました。だから、同じ手は使えない。そこで、徐々に弱らせ、病死に見せかけようとしたんじゃありませんか？」

「しかし、功は、われわれが、捜査を始めているのを知っていて、砒素を使っている。まあ、だから、口封じを急いだということも考えられるのだが、ここまで来て、突然、奥さんが病死すれば、当然、怪しんで、解剖する。それぐらいは、功だって、わかっているんじゃないだろうか？」

「わかっていても、やる気なんです。うまくいくと思っているのかも知れないし、一刻も早く、雅子の口を封じなければ危険と、思っていることも、考えられます」

「しかしねえ。雅子は、砒素を飲んでいることを、頑として、認めようとしないんだよ。それは、多分、箱根で、人身事故を起した時、ベンツを運転していたのが、彼女だったからだと思う。それは、当然、功も知ってるわけだから、今、殺さなくても、彼女が、警察に全てを話さないことは、わかっているんじゃないかねえ？」

　と、十津川は、疑問を示した。

「そうですね。夫に砒素を飲まされていて、それを、絶対に否定しているのは、愛情だけではなく、彼女自身が、どこかで、一連の事件に関係しているためだと、私も思います」

　と、亀井も、いう。

「それなら、こんな時期に、あわてて、雅子を殺さなくてもいいと思うんだがねえ。なぜ、功は、あわてているんだろう？　雅子が、絶対に、自分を裏切らないことは、わかっているだろうにね」

「早く、星野家の財産を、独り占めしたいんでしょうか？」

「財産をね」

　と、十津川は、口の中で呟いた。が、

「しかし、功は、今だって、かなりの金を、自由に出来る立場にいるわけだろう？　星野家がやっていた関連会社の社長に、おさまっているわけだからね」

「確かに、その通りですが――」

「功の個人的な借金でもあるのかな？　バクチに手を出して、何千万もの借金があり、妻の雅子には、話せない。だから、彼女を殺して、財産を自分の勝手に使いたくなったということかな？　借金の相手が、暴力団なら、一刻も早く払えと、いうだろうからね。雅子に、砒素を飲ませておいて、あと、何日で死ぬから、それまで、借金の返済を、待ってくれと、いっているのかな」

と、十津川が、いうと、亀井は、首をかしげて、

「星野功が、借金をしているという話は、聞いていませんが」

「聞き込みは、やったんだろう？」

「そうです。聞き込みで、出て来ませんでした。同業者は、そういうことには、敏感ですが、聞けませんでしたから」

「すると、理由は、他にあるわけだが――」

と、十津川は、考え込んだ。

亀井も、じっと考えているようだったが、ふと、

「ひょっとすると、新しい女が、出来ているんじゃないでしょうか？」

と、いって、十津川を見た。

「女か」

十津川が、眼を光らせた。

「星野雅子は、何となく、暗い感じのする女です。生れつきなのか、事件のせいかわかり

ませんが、あれでは、夫の功も、面白くないでしょう。それでなくても、功という男は、女好きだと思いますから、新しい女が出来ていない方が、おかしいですよ」

「そうだな。金も出来たし、社長の肩書きも出来たわけだから、前よりも、女が、寄ってくるだろうしね」

「そうです」

「すぐ調べてみてくれ」

と、十津川は、亀井に、いった。

4

亀井は、西本や、日下たちを連れて、すぐ飛び出して行った。

しかし、すぐには、連絡がなかった。当然かも知れなかった。簡単にわかる相手なら、今までの聞き込みで、浮んできている筈だからである。

亀井から、電話が入ったのは、五時間以上、たってからだった。

「それらしい女がいました。警部も、来て頂けませんか」

と、亀井が、いった。

十津川は、亀井と、新宿駅で落ち合い、西口にある高級マンションに、向った。

「相手は、二十五歳で、女優だそうです。名前は、小山はるか。なかなかの美人だと聞いています」

と、歩きながら、亀井が、いった。

「女優さんか」

「金と地位が出来ると、男は、美人の女優を欲しがるものかも知れませんね。女優の方も、相手が、青年実業家なら、文句はないんじゃありませんか」

亀井が、そんなことを、いった。

「小山はるかという名前は、聞いたことがないんだが」

と、十津川は、正直に、いった。

「私も、初耳でしたが、美人女優として有名だそうです。これから、売れてくるだろうとも、いわれているという話ですよ」

と、亀井が、いった。

「ヴィラ・西新宿」という名前の高層マンションだった。

土地のバカ高い新宿で、駐車場つきのマンションだから、億ションに違いない。

十津川と、亀井は、エレベーターで、十二階へあがって行った。

マンションの中は、ひっそりと、静まり返っている。

二人は、じゅうたんの敷かれた廊下を歩き、1201号室のベルを鳴らした。

「はい」

という返事があったが、警察といっても、なかなか、ドアは、開かなかった。

十五、六分待たされてから、やっと、ドアが開いた。

十津川は、彼女が、星野功に、電話でもしていたのではないかと思ったが、きれいに化粧をされた顔を見て、違うと、わかった。

二人の刑事を待たせて、彼女は、化粧をしていたのである。

確かに、美人だった。大きく見開かれた眼に、十津川は、気の強さのようなものを感じた。

「小山はるかさんですね」

と、十津川は、まず、確認した。

「そうですけど」

と、相手は、肯いてから、十津川たちを、中に、請じ入れた。

十六畳ほどの広い居間である。王朝風の椅子に、腰を下したが、十津川は、どうも、落ち着かなかった。

はるかは、改まった口調で、

「どんなご用でしょうか？」

と、二人を見た。

「星野功さんを、ご存じですね？」

亀井が、まず、きいた。

「いいえ、存じませんわ」

と、はるかは、いう。

「都内に、クラブをいくつも持っている星野功ですがね」

亀井が、厳しい眼つきで、はるかを見た。

「そんな人を、なぜ、私が知っていなければいけないんでしょう？」

はるかは、あくまで、冷静な口調で、きき返した。

亀井は、眉をひそめて、

「われわれは、何人かの人間から、あなたと、星野功さんの仲を聞いて来ているんですよ。その人たちを、ここへ連れて来ましょうか？」

と、きいた。

その言葉で、はるかの表情が変った。余裕がなくなった感じで、

「警察が、なぜ、私のプライバシーに、興味を持ったりなさるの？」

「われわれは、あなたにというより、星野さんと、奥さんの雅子さんの方に、興味があるんですよ」

と、これは、十津川が、いった。

「どんな興味でしょうか？」

はるかは、探るような眼になって、十津川を見た。

「星野さん夫婦は、殺人事件に関係していると見られているんですよ。それで、関係者から話を聞いているうちに、あなたの名前が、浮んで来たんです。星野功さんの恋人としてですよ」

「その話、本当なんですか？」

はるかは、半信半疑の顔で、十津川に、きいた。

「殺人事件の話は、事実です」

「では、なぜ、逮捕なさらないのかしら？」

と、はるかが、きいた。

「間もなく、逮捕しますよ。これは、誓ってもいい。あなたのような美しい人を、みすみす、その巻添えにはしたくないんですよ」

十津川が、いうと、はるかは、微笑した。が、すぐ、その笑いを消して、

「でも、信じられないわ」

「彼が、殺人事件に関係していることがですか？」

「ええ。もちろん」

「どんな風に、信じられないんですか？」

と、亀井が、きいた。

「彼は、間もなく、奥さんと別れるから、結婚してくれと、私に、いったんですよ。殺人事件に関係している人が、そんな約束をするかしら？」

「やはり、あなたと結婚すると、いったんですね？」

と、十津川が、念を押した。

「ええ」

「いつのことですか？」

「一緒になるといった時？　それとも、彼と、最初に会った時のことでしょうか？」

「じゃあ、最初に会った時から話して下さい」

と、十津川は、頼んだ。

「去年の今頃だったと思います。赤坂（あかさか）のホテルのバーで、飲んでいたら、彼が、お友だち

来たんですわ」

と、入って来たんです。お友だちは、すぐ帰ってしまって、そのあと、彼が、声をかけて

「なるほど」

「その時、名刺を貰いました。星野功という名前は、知りませんでしたけど、スター何号館というクラブを、いくつか持っているといわれて、ああと、思いましたわ。確か、スター5号館だったと思いますけど、二、三回、行ったことが、ありましたから」

と、はるかは、いう。

「いわゆる青年実業家だと、思ったわけですか？」

「ええ。まあ」

「その後、彼の方から積極的に、誘って来たんでしょう？」

十津川がきくと、はるかは、急に、得意気な表情になって、

「ずいぶん、贈り物も、貰いました」

「そのうちに、奥さんと別れるから、結婚してくれと、いわれたんですね？」

「ええ」

「あなたは、彼の奥さんに会いに行ったことは、あるんですか？」

「いいえ。そんなこと、私の自尊心が許しませんわ」

と、はるかは、いった。

「はるかさん」

「ええ」

「今もいったように、星野功は、殺人犯です。これは、間違いありません。その上、もう一人、今、殺そうとしています」

「誰を?」

「奥さんをです」

と、十津川がいうと、はるかは、びっくりした顔で、

「私は、そんなことは、頼んでいませんわ。第一、彼は、すぐ、家内と別れると、約束したんですよ。それなのに、なぜ、奥さんを殺すんですか? 奥さんが離婚に同意しないのかしら?」

「それもあるかも知れない。また、一刻も早く、あなたと一緒になりたいからかも知れない。あなたも、彼に、早く、奥さんと別れてくれと、頼んだんじゃありませんか?」

十津川が、きいた。

「最初に、彼が、自分から、いったんですよ。私は、その約束を守って欲しいと、いっただけです。私の誕生日は、今月の二十三日ですけど、それまでに、必ず、きっちりする

と、約束したんです」

「つまり、あなたが、二十六歳になるまでに、奥さんと別れて、一緒になると、約束したわけですね？」

「ええ。そうですわ。私は、自分で、決めていたんです。結婚するなら、二十五歳のうちにしたい。二十六になったら、女優に専念して、結婚は、考えないようにするって」

「そのことも、彼に、いってあるんですね？」

「ええ」

「それで、よくわかりました」

と、十津川は、いった。

「何が、わかったんですか？」

「彼は、あなたとの約束を守るために、奥さんを、殺そうとしています。薬を使って、病死らしく殺そうとです」

亀井が、いうと、はるかは、青ざめた顔で、

「何度もいいますけど、私は、奥さんを殺してくれなんて、いっていませんわ」

「わかっています。彼が、勝手に、そうしているだけです」

「電話して、そんなこと、止めて貰いますわ」

と、はるかは、いった。

「それで、あなたに、お願いがあるんですがね」

と、十津川が、いった。

「どんなことでしょうか？」

と、はるかが、きいた。

11　行方不明

1

小山はるかは、緊張した表情で、じっと、十津川を、見ている。

そんな彼女に向って、十津川は、

「私は、何としてでも、星野雅子さんの死を食い止めたいと、思っているのです」

「私が、どうすればいいんでしょう？　私なんか、無力な気がしますけど」

「いや、そんなことはありません。あなたは、星野夫婦に対して、強い影響力を、持っている筈です」

「でも、何をしたら？」

はるかは、戸惑いの色を隠さずに、十津川に、きいた。

「星野の奥さんに、会ったことはないと、いいましたね？」

「はい」

「電話したことや、手紙を書いたことは、どうですか？」

「ありませんわ」

「それでは、電話して貰えませんか」

と、十津川は、いった。

「何のためにですの？」

「星野雅子に、あなたの存在を知らせるんです。手紙でもいいが、時間がありません」

と、十津川が、いうと、はるかは、首をかしげて、

「星野さんが、私と、結婚したいと思っていることを、奥さんに知らせたら、どうなりますの？」

と、きいた。

「彼女は、今、甘んじて、星野に、殺されようとしています」

「そんな！」

はるかは、びっくりした顔になった。

「理由は、いろいろ、想像されますが、とにかく、今は、彼女を、助けたいんです。夫へ

の不信感が強まれば、夫の所から、逃げ出してくれるかも知れないのです」

「逃げ出したあと、どうなりますの？」

と、はるかが、きいた。

「あの家から逃げ出してくれれば、まず、彼女の生命が助かります。そのあと、星野の犯罪を証言してくれれば、彼を、殺人犯として、逮捕することが、出来ます」

と、十津川は、いった。

「まだ信じられませんわ。彼が、奥さんを殺そうとしているなんて」

はるかは、小さく、首を振った。

十津川に、突然、いわれたのだから、無理もないことだった。

「それは、間違いありません。今月の二十三日までに、星野は、必ず、奥さんを殺します」

「愛情が消えてしまっているのなら、離婚すればいいのに」

と、はるかは、いった。

「彼には、それが、出来ないんですよ」

「私は、財産なんか要りませんわ」

「奥さんは、今もいったように、星野の殺人の証拠を、摑んでいるんです。ひょっとすると、二人で、ある人間を、殺したかも知れないんですよ。そんな奥さんを、星野は、怖くて、離婚できませんよ。口を封じるより仕方がないんです」

「警察の力で、逮捕できないんですか？」

「残念ながら、証拠がないのですよ。唯一の証人である奥さんは、証言しようとしませんしね。今、その奥さんが、星野に殺されてしまったら、もう、お手上げです」

と、十津川は、正直に、いった。

はるかは、考え込んでいる。十津川の言葉は、どうやら信じてくれたようだが、警察のいう通りに動いていいのかどうか、考えているのだろう。

「警部さんのいうことを、お断りしても、構わないんですか？」

と、はるかが、きいた。

「もちろん、あなたの自由ですよ」

と、十津川は、いった。

「でも、私が断ったら、困るんでしょう？」

「困りますが、強制は出来ません」

「あとで、返事させて下さい」

と、はるかは、いった。

2

十津川と亀井は、いったん、捜査本部に、帰った。強制するわけにはいかない仕事なのだ。

「あの女は、協力してくれますかねえ」

と、亀井が、不安気に、いった。

「わからないな。女の気持は、もともと、わからんからね」

「彼女は、女優です。その点を、くすぐったらどうでしょうか？」

と、亀井が、提案する。

「くすぐるって、どうするんだ？」

「彼女は、美人ですが、その割りに、売れていません。ここで、警察に協力して、マスコミに、取り上げられれば、人気が出る。そのことを、強調したらどうですかね？　彼女は、その気になるかも知れません」

と、亀井は、いった。

「いい案だとは、思うがねえ。今、われわれは、マスコミに叩かれているんだ。彼女だって、それは、知ってると思うよ。と、すると、今、警察に協力しない方が、マスコミ受けすると、考えてしまうんじゃないかねえ」

「それも、考えられますね」

「だから、今は、誠意で、訴えるより仕方がないと、思っているんだよ」

と、十津川は、いった。

一時間して、電話が掛ったが、小山はるかからではなくて、三島という彼女のマネージャーからだった。

お聞きしたいことがあるので、これから、伺うというのである。

十津川は、彼女が話したのだなと思いながら、「どうぞ」と、いった。
四十二、三歳の眼鏡をかけた男が、車で、やって来た。
三島祐二郎という名刺を差し出してから、

「小山君から話を聞いて、びっくりしました」

と、いった。

「他人には、内緒にと、彼女には、お願いしておいたのですがね」

十津川が、いうと、三島は、「申しわけありません」と、まず、頭を下げた。

「それは、わかっているんですが、彼女は、どうしたらいいか、迷いに迷って、私に、相談したんだと思います」

「彼女が、何を、どんな風に、話したんですか？」

と、亀井が、厳しい顔で、きいた。

「小山君が、青年実業家とつき合っているのは、知っていましたが、具体的な名前を、聞いたのは、今日が、初めてです」

「彼が、殺人犯だということも、彼女は、いいましたか？」

「警察は、犯人だといっているとは、いいましたよ」

「それは、間違いありません」

「しかし、新聞には、違うと、書いてありましたが」

と、三島は、いう。やはり、あの記事を読んだのだ。

十津川は、苦笑しながら、

「向うは、否定するのが当然です」

「それで、問題は、彼女が、傷つかないかどうかということなんです。彼女は、今、大事なところでしてね。マネージャーの私としては、彼女の名前が、あがればいいが、逆では困るのです。警察に協力したのはいいが、そのために、非難を浴びたのでは、女優生命も、絶たれかねませんのでね」

「そんなことには、させませんよ。名前が、出ないようにというのであれば、絶対に、名前が洩れないようにします」

と、十津川は、約束した。

「本当に、小山君の女優生命には、傷がつきませんか？」

三島が、念を押した。

「大丈夫です」

「しかし、相手は、警察を告発するような人物ですからねえ」

と、三島は、いう。

「怖いのでしたら、やめて下さい」

十津川は、苦笑した。

三島は、あわてて、

「いや、小山君も、警察には、協力したいといっているのです」

「それなら、協力して頂きたいですね。はるかさんとしても、殺人犯と結婚しなくてすんだわけですからね」

と、亀井が、ちょっと、脅かす感じで、

「今度の事件が、解決したあと、殺人犯に欺されて、結婚寸前まで行ったといわれたら、困るんじゃありませんか？」

「それは、困ります」

「それなら、協力して下さい。自分から、星野功の行動に疑問を持って、警察に協力して、悪事をあばいたという方が、いいんじゃありませんか？」

と、亀井が、いった。

「確かに、そうなんですが――」

と、三島は、呟くように、いってから、やっと、決心がついたという顔で、

「具体的に、小山君は、何をすれば、いいんですか？」

と、きいた。

これには、十津川が、

「星野功が、家にいない時に、奥さんの星野雅子に、電話をして貰いたいんです」

「それで、奥さんに、何をいえば、いいんですか？」

「正直に、話して下さればいいんです。星野が、はるかさんに向って、今月の彼女の誕生日までに、妻と別れて、一緒になると、話していたとです。そこは、女優さんなんだから、うまく話せると、思いますがね」

「それだけで、いいんですね？」

「そうです」

「念を押させて貰いますが、その結果、向うの奥さんが、小山君を、訴えるというようなことは、ないんでしょうね?」

と、三島は、いった。

「大丈夫です。向うも、弱味があるから、絶対に、訴えませんよ」

と、十津川は、いった。

三島は、帰って行った。が、本当に、やってくれるかどうか、まだ、判断がつかなかった。

明らかに、怖がっているからだった。

3

更に、二時間以上たってから、今度は、小山はるかから、直接、十津川に、電話が入った。

いくらか、甲高い調子で、

「星野の奥さんに、電話しましたわ」

と、いった。

じっと、興奮を抑えているという感じでもあった。

「ありがとうございます。彼女の反応は、どうでした？」

と、十津川が、きいた。

「私のいうことを、ただ、黙って、聞いていらっしゃいましたわ。気持が悪いくらい、静かに」

「星野が、奥さんと別れて、あなたと結婚すると、約束していたことを、話したんですね？」

「ええ」

「それでも、彼女は、怒らなかったんですか？」

「私が、話し終ったら、奥さんは、しばらく、黙っていたんです。きっと、言葉が出ないほど、怒っているのだろうと思っていたら、変に、冷静な口調で、『それで、あなたは、彼と一緒になりたいの？』って聞くんです」

「ほう」

「もう、一緒になる気はありませんって、いいました」

と、はるかが、いう。

「そうしたら、彼女は、何といいました？」

「可哀そうに——って、小さい声でいって、電話を切ってしまいましたわ」

「可哀そうに、といったんですか？」

「ええ」

「誰のことを、いったんでしょうか？」

「わかりませんわ」

と、はるかは、いってから、

「これから、どうなるんでしょうか？　私が、妙なことに、巻き込まれることは、ありませんわね？　私は、それほど心配していませんけど、マネージャーが、心配しているんです」

「大丈夫ですよ。このあとは、われわれが、やります」

と、十津川は、いった。

電話を切ると、十津川は、亀井に向って、

「星野雅子が、どう出るかだがね」

と、いった。

「どう出るでしょうか？」

亀井も、自信がないと見えて、自分の意見はいわずに、きき返した。

「彼女が、腹を立てて、警察に連絡してくれれば、一番いいんだがね。全てを話してくれれば」

と、十津川は、いった。

「では、行ってみますか？」

「そうだな。訪ねて行って、彼女の反応を見てみるか」

と、十津川は、いった。

二人は、パトカーで、星野家に向った。

午後四時半に近かった。まだ、星野功は、帰っていないだろう。

十津川は、覆面パトカーを、乗りすてると、亀井と、門についているベルを押した。

返事がなかった。

十津川は、急に、不安に襲われた。

怒って、雅子が、功の殺人を警察に話してくれることを期待して、小山はるかに、電話を頼んだのだが、ひょっとすると、絶望のあまり、自殺してしまったのかも知れない。

十津川は、ベルを押し続けた。が、反応のないのは、同じだった。

「カメさん。中に入ってみよう！」

と、十津川は、青ざめた顔で、亀井に、いった。

亀井も、同じ不安を感じたらしい。黙って、門を開け、玄関に向って、突進した。

玄関の扉は、中から錠がおりていて、びくとも、動かない。

二人は、庭を通り、裏口へ廻った。

亀井が、勝手口の錠をこわして、ドアを開けた。

十津川と、亀井は、邸の中に入った。

一階の廊下や、居間には、灯がついていたが、雅子の姿は、なかった。

十津川は、二階に、駈けあがった。

灯をつけて、部屋を一つ一つ、調べていった。

「どこにも、いないな」

と、十津川は、息をはずませて、亀井に、いった。

「外出したんでしょうか？」

「ただの外出なら、いいんだが」

と、十津川が、呟いた時、車の停る音が、聞こえた。

4

「早く出よう」

と、十津川は、いささかあわてて、亀井にいい、外へ飛び出した。が、入ってくる星野功と、玄関のところで、ばったり、ぶつかってしまった。

星野の顔が、もう、険しくなっている。

「何をしているんです?」

と、星野は、甲高い声を出した。

「奥さんに会いに来たんですが、お留守なので、これから、帰るところです」

十津川は、そう、いった。

「留守? そんな筈はない!」

星野は、狼狽の色を見せ、玄関から、家の中へ、駈け込んで行った。

亀井は、そんな星野を、見送ってから、

「いやに、あわててますね」

「おかげで、われわれが、文句をいわれずにすんだよ」

と、十津川は、首をすくめた。

星野が、また、すごい勢いで、飛び出してくると、十津川に向って、

「家内をどうしたんです？」

と、食ってかかった。

「何もしませんよ。会いに来たら、いなかっただけです」

「お手伝いもいないじゃありませんか」

「奥さんと一緒に、外出されたんじゃありませんか」

「そんなことはない！」

と、星野は、大きな声を出した。

十津川は、苦笑して、

「奥さんが外出したくらいで、なぜ、そんなに、騒ぐんですか？　すぐ、帰って来ますよ」

「家内は、病気なんだ。どこにも行く筈がない！」

「それは、おかしいんじゃありませんか。われわれが、病院へ行って、精密検査を受けて欲しいといった時、あなたは、病気じゃないから、その必要はないと、主張したじゃありませんか？」

と、十津川は、皮肉を、いった。

星野の顔が、赤くなった。怒ったらしい。

「あんたたちが、家内に何かして、それで、家内が家を出たとわかったら、絶対に、許さんぞ！」

「なぜ、そんなに怒るのかわかりませんね。すぐ、奥さんは、戻って来ますよ。買物に行ったのかも知れんじゃありませんか」

十津川は、わざと、冷静に、いった。

「もういい！」

と、星野は叫ぶと、車に乗って、家を、飛び出して行った。

雅子を、探しに行ったに違いない。

「大変な見幕(けんまく)でしたね」

と、亀井が、呆れたという顔で、いった。

「奴も、必死なんだよ」

と、十津川は、いった。

二人は、車に戻った。

「われわれも、星野雅子を、見つけなければなりませんね」

と、亀井が、改まった口調で、いった。

「カメさんのいう通りだよ。一番心配なのは、彼女が、自殺することだし、その可能性は、十分にあるんだ。星野功が、あわてているのも、そのせいだろう」

十津川が、いうと、亀井は、「しかし」と、いった。

「自殺してくれれば、星野は、助かるんじゃありませんか？ 砒素を飲ませて、殺そうとしているくらいなんですから」

「ただ自殺してくれればいいだろうが、全てを告白した遺書を、書いてから、死ぬかも知れない。星野は、それが怖いんだよ」

「なるほど」

「だから、星野は、自分の監視している中で、雅子に、死んで貰いたいんだ」

「星野が見つけたら、今度は、邸の中に、監禁してしまうかも知れませんね」

「或いは、外国へ連れ出して、そこで殺すことだって、考えるかも知れない。今は、二人が、外国へ出るのを、止められないからね」

「すると、今度が、われわれにとっても、最後のチャンスということになるかも知れませんね」

亀井も、緊張した顔で、いった。

十津川は、パトカーの無線電話を使って、部下の西本刑事たちに、すぐ、星野雅子の行方を追うように命じた。もう一つは、星野功の車の手配だった。彼の動きも、監視しておきたかったからである。

二人は、捜査本部に戻った。

5

星野雅子が、行きそうな場所は、全て、チェックされ、刑事たちが、急行した。

一方、都内を走るパトカーに、星野功の運転するロールス・ロイスのナンバーが知らされ、発見次第、報告するように、指示が、出された。

しかし、どちらも、なかなか、発見されなかった。

雅子の大学時代の友人たち、親戚にも、一人ずつ、当っていった。

箱根の別荘は、神奈川県警に電話して、調べて貰った。

だが、雅子は、どこにも、現われていなかった。

星野のロールス・ロイスの方が、先に見つかった。

箱根の別荘に、着いていたのである。彼も、雅子が、箱根に行っているかも知れないと思ったのだろう。

「多分、星野も、東京へ戻ってくるよ」

と、十津川は、いった。

「戻って来て、彼女の友人のところを、片っ端から、当るんでしょうね」

「彼だって、警察と競争だと思っている筈だ」

と、十津川は、いった。

十津川の予想どおり、夜半になって、星野のロールス・ロイスは、都内で、発見された。

彼も、雅子の大学時代の友人の家を、一軒ずつ、当り出したのだ。

午前二時を過ぎても、雅子は、見つからなかった。

十津川は、窓の外の暗闇(くらやみ)を見つめて、考え込んだ。

「どうも、友人、知人の家には、行っていないようですね」

と、亀井が、十津川の背中に向って、いった。

「星野雅子の気持になって、考えてみようじゃないか」

と、十津川は、自分の席に戻って、亀井にいった。

「どんな風にですか?」

「彼女は、夫の功に、砒素を飲まされているのに、誰にもいわず、じっと、殺されるのを待っていた。そんな女が、友人や、知人のところに、逃げ込むだろうか？　そのくらいなら、もう、とっくに、相談に行っているんじゃないかな？　どう思うね？　カメさん」

と、十津川は、きいた。

「そうですね。彼女の絶望が深ければ深いほど、友人や、知人には、相談しないかも知れませんね」

「そして、どうする？」

「自殺しますか？」

「その心配もある。が、今までのところ、死んだ気配はない。どこからも、身元不明の死体は、発見されていないからね」

「すぐ自殺はしないとすると、私だったら、ひとりで、静かに考えたいと思いますね」

と、亀井が、いった。

十津川は、肯いて、

「私も、ひとりになりたいと思うね。そのためには、ひっそりと、静かな、ひなびた温泉にでも、行くことを考えるね」

と、いった。

「ただ、ひなびた温泉といっても、全国に散らばっていますから、どこと決めるのは、難しいですよ」

と、亀井が、いった。

「全く初めての場所には行かないだろう」

「そうですね、前に一度行ったことがある場所へ行くと思います」

「もう一度、雅子の友人、知人に、当ってみてくれ。雅子が、前に、行って、気に入った温泉を、聞き出すんだ」

と、十津川は、いった。

その結果、西本刑事たちが、夜明けと共に、また、聞き込みに、走り廻った。

一つの温泉の名前が、浮び上って来た。

後生掛(ごしょうがけ)温泉である。

大学時代、友人二人と一緒に行き、気に入って、また、行ってみたいといっていたと、いうのである。

八幡平(はちまんたい)にあって、標高千メートル近く、旅館が一軒だけだという。

「カメさん。行ってみよう」

と、十津川は、亀井に、いった。

電話で確かめることはしなかった。どうせ、行っているとしても、偽名で泊っているだろうし、電話を聞かれて、逃げてしまうかも知れなかったからである。

十津川と、亀井は、西本たちに、星野の動きを監視し、彼が、後生掛温泉に向うようだったら、それを阻止するように指示しておいて、東北新幹線に、乗った。

盛岡で降りて、田沢湖線に、乗りかえる。

L特急「たざわ9号」を、田沢湖駅で降りたのは、一三時一二分である。

急ぐので、二人は、ここから、タクシーに乗って、後生掛温泉に向った。

田沢湖の横を通り、ダムの工事現場の、ダムの底に沈む村を通り抜ける。

玉川温泉に着くと、猛烈な硫黄の臭いが、漂ってきた。

この辺りは、硫黄泉が、多いのだろう。

「だから、この辺を流れる川には、魚がいません」

と、タクシーの運転手が、教えてくれた。

川の水に、硫黄が含まれているからで、そんな川の水が流れ込んでいる田沢湖にも、魚は、すんでいなかったと、いう。

玉川温泉の辺りから、タクシーは、ゆるい登りの道を、えんえんと、昇って行く。

途中から、雨が降り出した。

寒くなって来た。

「まだ、遠いのかね？」

と、途中で、十津川は、運転手に、きいた。

「なにしろ、この山の頂上だからね」

と、運転手が、いった。

ところどころ、根雪（ねゆき）が残っているのが、眼に入って来た。気温が、急激に下っていくのが、よくわかった。閉めている窓ガラスが、どんどん、曇ってくるからである。

やっと、問題の後生掛温泉に着いた。

なるほど、山の頂上に、温泉旅館が、一軒だけ、建っている。

旅館の裏手の方から、白い湯煙が、あがっているのが見えた。

十津川と、亀井は、ガラス戸を開けて、旅館に入り、フロントで、用意して来た星野雅子の写真を、見せた。

「この女性が、来ていませんか？　名前は、何といっているか、わかりませんが」

と、十津川は、警察手帳を示して、きいた。

相手は、雅子の写真を見ていたが、丁度、通りかかった女子従業員をつかまえて、

「これ、12号室のお客じゃないかね？」

と、きいた。

近くの農家から、手伝いに来ているという五十歳ぐらいの従業員は、東北訛りのいい方で、

「倒れそうになって、ここに着いた人ですよ」

と、いった。

「じゃあ、来てるんですね？」

十津川が、二人の会話に、割り込んだ。

「12号室のお客だと思いますよ。昨日の夕方でしたね。タクシーで着いたんですが、病気みたいで、着いたとたんに、倒れて、今、寝てますよ」

と、フロント係が、いい、女子従業員の方は、

「さっきは、起きて、歩いていましたよ」

と、いった。

十津川は、その従業員に向って、

「彼女は、あなたに、何かいいませんでしたか？」

「何かって、どんなことですか？」

「身の上話とか、ここで、誰を待っているとか」

と、十津川が、いうと、相手は、首を振って、

「何もいわないお客さんですよ。何か、悩みごとがあるみたいだけど、こっちが、いろいろ聞いても、ただ、笑っているだけでねえ」

「いつまで、ここにいると、いっているんですか?」

「一応、一週間ということで、お泊りになっていますがね」

「寝ていたとすると、まだ、温泉には、入っていないんですね?」

「ええ。お入りになると、いいと思っているんですけどねえ」

と、従業員は、残念そうに、いった。

十津川と、亀井は、12号室の近くに、泊ることにした。

もちろん、星野雅子には、内緒にして貰い、彼女が、変った動きをしたら、知らせてくれるように、頼んだ。

翌日、雅子は、一度だけ、温泉に入った。が、その他は、ほとんど、自分の部屋に、閉じ籠ったままだった。

十津川たちも、温泉に入らず、じっと、部屋に、待機していた。

部屋に、電話がないので、東京に連絡するためには、旅館の外にある公衆電話ボックスを、使わなければならなかった。

十津川は、百円玉を、沢山用意しておいて、東京の西本刑事に、電話をかけた。

「星野功は、どうしている？」

と、きいた。

「相変らず、車で、走り廻っていますよ。あわてているのが、よくわかります」

と、西本は、いった。

「まだ、雅子の行先を、つかめていないようか？」

「そう思います」

と、西本は、いった。

十津川が、安心して、部屋に戻ると、亀井が、緊張した顔で、

「今、気になることを聞きました」

と、十津川に、いった。

「何だい？」

「フロントの話ですが、星野雅子が、便箋と封筒、それに、ボールペンが欲しいといって、持って行ったそうです」

と、亀井が、いう。

「便箋をね」

十津川の顔にも、緊張が、走った。

普通の人間なら、ただ、手紙を書くためだろうと思う。だが、相手は、死を覚悟している星野雅子なのだ。

遺書の可能性が、強い。

12 遺書

1

十津川は、雅子が、どう出るか、見守ることにした。

一番いいのは、彼女が、全てを告白する手紙を書いてくれることである。それが手に入れば、星野功を、逮捕できるだろう。

彼女が、そうした手紙を書いた直後に、保護すれば、自殺を防ぐことも可能だ。

翌朝、雅子は、朝食のあと、部屋を出て、散歩をした。

旅館の裏に、この温泉の源泉が、噴出しているところがある。硫黄泉だから、その臭いは凄（すさま）じいが、壮観である。

近づくと、危険なので、柵（さく）のついた遊歩道が、設けられていた。

雅子が、柵を乗り越えて、自殺する恐れもあるので、亀井が、離れた場所から、見張ることになった。

その間に、十津川は、雅子の部屋に、忍び込んだ。

小さなスーツケースが、八畳の部屋の隅に、置いてある。

魔法びんや、お茶の道具が置かれたテーブルの上には、便箋と、封筒が、見えた。

封筒は、束になったままである。枚数を数えると、十枚あった。まだ、どこへも、出していないのだ。

便箋の方も、白紙だったが、屑箱を見ると、何枚かの便箋が、丸めて、捨てられていた。

書きかけては、丸めて、捨てていたのだ。

十津川は、四枚ある書き捨ての便箋を、一枚ずつ、丁寧に、広げてみた。

〈今、私は、絶望を通り越して――〉

〈今、私は、後生掛温泉に来て、これを書いています。私は――〉

〈とても静かです。じっとしていると、私は――〉

〈私は、混乱したまま、この温泉に来てしまいました。冷静に――〉

どれも、出だしで破ってしまっていた。それ以上、まだ、書く気になれないのだろう。

十津川は、広げた書き捨ての便箋を、もう一度、丸めて、屑箱に捨て、部屋を出た。

三十分ほどして、雅子が、朝の散歩から、帰って来た。

「別に、自殺の気配は、ありませんでした」

と、亀井が、十津川に、報告した。

「手紙も、書きかけては、捨てているみたいだよ。まだ、何を書いていいのか、迷っているんだろう」

と、十津川も、いった。

「全てを、告白する気になってくれればいいんですがねえ」

と、亀井は、いった。

雅子は、昼食のあとも、散歩に出かけた。

多分、必死になって、自分の気持を、整理しようとしているのだろう。

十津川は、東京にも、連絡をとってみたが、残して来た西本刑事が、いきなり、

「申しわけありません」

と、叫んだ。

「どうしたんだ？」

「星野功を、見失ってしまいました」

「見失った？」

「そうです。相変らず、彼は、ロールス・ロイスで、都内を走り廻っていたので、安心していたんですが、途中で、ロールス・ロイスを捨てて、タクシーに乗りかえました。ロールス・ロイスを見張っていて、見事に、まかれてしまいました」

と、西本が、いう。

「自宅には、帰っていないのか？」

「いません」

「行先も、わからずか？」

「今、必死で、行先を、突き止めているところですが」

と、西本は、いう。

「わかった」

と、十津川は、いった。

自分の部屋に戻って、十津川は、亀井に、星野功を、見失ったことを、告げた。

「警部は、彼が、どこへ行ったと思われますか？」

と、亀井が、きく。

「間違いなく、ここへ来るよ」

「ここへですか?」

「星野が、もし、雅子の行方がわからないままだったら、別に、警察をまく必要はないんだ。必死になって、まいたということは、雅子の行方を、摑んだからだと思うよ。だから、必ず、ここへ、やって来るよ」

と、十津川は、いった。

「西本たちは、いつ、星野にまかれたんですか?」

「昼少し前だといっている」

「そのあと、すぐ、上野へ出て、新幹線に乗ったとしても、ここへ着くのは、夕方ですね」

と、亀井は、いった。

「そうだな。暗くなってから、着くだろうね」

「それまでに、雅子が、全てを告白した手紙を書いて、警察宛に出してくれると、いいんですがねえ」

と、亀井は、いった。

2

十津川は、時刻表を広げて、計算してみた。

上野発一二時〇〇分の盛岡行の「やまびこ43号」という列車がある。

星野功は、警察の尾行をまいて、タクシーに乗り、急げば、この列車に、乗れる可能性がある。

この「やまびこ43号」の盛岡着は、一五時一九分。

一五時二九分盛岡発のＬ特急「たざわ15号」に、乗ることが出来る。

これに乗れば、田沢湖着は、一六時一一分になる。

十津川たちと同じく、ここから、タクシーを拾うだろう。

後生掛温泉までは、早くても、一時間半はかかるから、順調にいっても、ここに着くのは、一七時四〇分頃になる筈だ。つまり、午後五時四〇分である。

「今、一時ですから、あと四時間四〇分ですか」

と、亀井は、腕時計に、眼をやった。

「丁度、暗くなる頃だよ」

「星野は、雅子を、殺しに来るんでしょうか？」

「或いは、連れ戻す気で、くるかも知れん」

と、十津川は、いった。

十津川は、フロントや、女子従業員たちに、星野功の写真を見せ、この男が着いたら、すぐ、知らせてくれるように、頼んだ。

午後四時少し前、雅子が、急に、タクシーを、呼んだ。

十津川は、あわてて、亀井と二人、タクシーを呼んで貰って、彼女を、尾行することにした。

スーツケースは、部屋においたままなので、出発する気ではないようだった。

外から、彼女に、電話が掛ったこともないので、呼びだされたわけでもない。

十津川たちの乗ったタクシーは、雅子のタクシーより、七、八分も、おくれてしまったが、幸い、無線のついた、同じ会社のものだったので、雅子が、どこへ行こうとしているのか、走りながら、調べて貰うことが出来た。

「八幡平に向っているようです」

と、運転手は、教えてくれた。

「八幡平というと、花輪線の？」

「そうです」

「何しに行くのかな？」

「なんでも、一番近い郵便局へ行きたいと、運転手に、いったそうですよ」

「手紙を書いたんだ」

十津川は、眼を光らせて、亀井に、囁いた。

「誰宛に、書いたんでしょう？」

「警察宛に出してくれる気なら、一番、有難いんだがね」

「夫の星野功宛だとすると、困りますね」

「そうだな」

「追いついて、その手紙を、強引に、見せて貰いますか？」

と、亀井が、きいた。

「無理だよ。彼女が、嫌だといったら、力ずくで、見るわけにはいかないからね」

と、十津川は、いった。

それに、タクシーの運転手も、先を行く車に、追いつくのは難しいと、いった。

花輪線の八幡平駅に着いた時、雅子は、すでに、郵便局に、入ってしまっていた。

そこから出て来たとき、彼女は、手に持っていた封書を、ひょいと、郵便局の前に置かれたポストへ、投函してしまった。

十津川と、亀井は、物かげに隠れて見守っていたが、亀井が、思わず、

「あッ」

と、小さく、声をあげた。

彼女は、二人には気がつかず、駅前に停っていたタクシーに、乗り込んだ。

十津川たちも、すぐ、タクシーを拾った。

雅子の乗った車が、走り出す。どうやら、後生掛温泉に、まっすぐ、戻るようだった。

「彼女が、ポストに投函した手紙を、何とかして、見られませんかねえ」

と、走る車の中で、亀井が、いった。

「警察宛なら、すぐ見られるよ。彼女が、郵便局の中に入ったところを見ると、速達にしたんじゃないかと、思うからだ」

と、十津川は、いった。

「友人か、知人宛の手紙だったら、見ることは、出来ませんね。何とかなりませんかね」

亀井は、口惜しそうに、いった。

午後六時過ぎに、旅館に戻った。

十津川と亀井が、タクシーから降りて、旅館に入って行くと、フロントが、小声で、

「来ていますよ」

と、いった。

「あの男が、来ているのか？」

「そうです。刑事さんが、見せてくれた写真の男です」

「それで、今、何処に？」

と、亀井が、きいた。

「ご夫婦だということなので、例の女の方のお部屋に、ご案内しましたけど」

と、フロントは、いった。

雅子は、十津川たちよりも、先に着いているから、今、顔を合せている筈である。

「どうしましょう？」

と、亀井が、小声で、十津川に、きいた。

「まさか、この旅館の中で、殺すこともしないだろう。しばらく、様子を見ようじゃないか」

と、十津川は、いった。

その代り、十津川は、女子従業員に、二人の様子を、見に行って貰った。

彼女は、茶菓子を運んで行き、五、六分して、出てくると、十津川に、

「変に静かなご夫婦ですねえ」

といった。

「二人の様子は、どうだね？」

と、十津川が、きいた。

「奥さんは、下を向いて、黙っていて、ご主人は、いらだって、口の中で、何か、ぶつぶつ、いっていましたわ」

「何といっているのか、わからなかったかね？」

「私も、一生懸命、聞こうと思ったんですけど、わかりませんでしたわ。それから、ご主人の方が、泊り客のことを、聞いていましたわ」

と、女子従業員は、いった。

「泊り客のこと？」

「ええ。妙な泊り客はいないかって、気にしていらっしゃいましたけど」

明らかに、警察が来ていないか、それを、気にしているのだろう。

「そんなお客さんは、いらっしゃいませんと、お答えしておきましたわ」

と、彼女は、付け加えた。

「今夜は、徹夜で、見張った方がいいでしょうね」

亀井が、十津川に、いった。

「そうだな。星野のことだから、自分が殺したとわかるような形で、奥さんを殺すとは、思えないがね」

と、十津川は、いった。

夜になっても、十津川と、亀井は、自分の部屋で、起きていた。

廊下をへだてた部屋に、星野夫婦が、いる。

まさか、部屋の中で、星野は、雅子を殺したりはしないだろう。折角、今まで、証拠をつかまれずに、殺人を続けて来たのである。それを、一挙に、ふいにするような、バカな真似はしまい。

十津川は、そう考えていたが、それでも、やはり、心配で眠れないのである。といって、今の状況で、星野夫婦を、逮捕は、できない。

「星野は、雅子を、連れて帰る気でしょうか？」

亀井は、廊下の気配に、気を遣いながら、小声で、十津川に、話しかけた。

「そうだろうね。何よりも、星野が怖いのは、雅子に、事件のことを、喋(しゃべ)られることだ。だから、自宅に、監禁しておきたい筈だよ」

「すると、例の手紙のことが、気になりますね」

と、亀井は、いった。

「星野だって、雅子が、この旅館にいる間に、何をしたか、気になって、仕方がない筈だよ」

「今頃、それを、問いつめているかも知れませんね」

「星野も、必死だろうからね」

と、十津川は、いった。

午前三時を過ぎた頃だった。

十津川と、亀井は、濃いお茶を飲んで、眠気と、戦っていた。

突然、廊下の方で、女の悲鳴が聞こえ、十津川と、亀井は、ぎょッとして、腰を浮かした。

二人は、襖を開け、廊下に、飛び出した。

一瞬、十津川は、ためらってから、星野夫婦の泊っている部屋を、強引に、押し開けた。

八畳の部屋の中央に、星野が、呆然と、立っていて、その足元に、妻の雅子が、横たわっていた。

布団は、敷かれていたが、寝た気配はない。

亀井が、雅子の傍に屈み込んで、脈をみた。

「どうだ？」

と、十津川が、きく。

亀井は、黙って、首を横に振った。

十津川は、青ざめた顔の星野に、眼をやった。

「君が、殺したんだな？」

「――」

星野が、黙って、肯いた。

3

「まずいことをやったなあ」

亀井が、憐れむように、星野を見た。今までは、殺人をやっても、証拠をつかまれるようなヘマはやらなかったのに、今度ばかりは、弁明の仕様のない殺人なのだ。

「なぜ殺したんだ？」

と、十津川が、きいた。

星野は、へなへなと、その場に座り込んでから、

「こいつが、おれを裏切ったからだ」

と、声をふるわせた。

「裏切った？　あんたに黙って、この温泉へ身を隠したことをいっているのかね」

十津川が、きいた。

「それだけなら、おれは、殺したりはしない」

「じゃあ、なぜだね？」

「おれを、警察に売ったんだ」

と、星野は、いった。

「売った？　おだやかじゃないな。奥さんが、本当に、そんなことをしたのかね。君に、砒素を飲まされても、われわれに対しては、君をかばい通して来た奥さんだろう？」

十津川が、信じられないという気持で、きいた。

星野は、首を小さく振り、

「そんな話はしたくない。彼女は、警察に、手紙を書いたんだよ。おれのあることないこと書いてだ。もう、あんたは、終りだと、いいやがった。だから、おれは――」

と、いって、絶句した。

「奥さんが、手紙を書いて投函したのは、知っているよ」

「おれだけが、悪いんじゃない。いや、彼女が、最初に、あんなヘマをやらなければ、何もかも、平穏無事だったんだ」

星野は、吐き捨てるように、いった。

十津川は、ポケットの中で、小型のテープレコーダーのスイッチを入れてから、

「御殿場で、子供を、轢き殺したとき、車を運転していたのは、奥さんだったんだね?」

と、きいた。

「そうだ。彼女が、はねて、殺してしまったんだ。それだけじゃない」

「わかってるよ。尾行していた安田めぐみに、それを、目撃されてしまったんだろう? 一番、まずい人間に、目撃されてしまったんだ。安田めぐみは、嫉妬から、警察に、連絡するかも知れなかったからね」

と、十津川は、いった。

「そうだ。雅子は、何とかしてくれと、おれに、泣きついた」

「だから、自殺に見せかけて、殺したのか?」

「何とかしなければならなかったんだ。だから、安田めぐみを、殺したんだ。仕方がなかったのさ」

「弟に、アリバイ工作をさせたんだな？」

「ああ、そうだ」

「その弟も、あとで、殺すことになったんじゃないのか？　何もかも話したらどうなんだ？　奥さんを殺したんだ。もう、隠すこともないだろう？」

と、十津川は、いった。

「君は、安田めぐみを、殺したことも、認めたじゃないか。往生際をよくしろよ」

傍から、亀井が、いい、星野の肩を、軽く叩いた。

星野は、ちらりと、動かない雅子の死体に眼をやった。

その星野に、追い打ちをかけるように、十津川は、

「奥さんの手紙が、警察に届けば、あんたは、不利になるばかりだよ。全て、あんたが悪いと書いてあるかも知れん。その前に、正直に、全てを、話しておいた方が、いいんじゃないのかね？」

「わかったよ」

と、星野は、肯いてから、

「兄弟なんか、当てにならないことがわかったんだ。あいつは、昔は、平凡だが、大人しい、おれのいうことをよく聞く奴だった。ところが、おれが、アリバイを頼んでから、様

子が、おかしくなった。欲のない男だったのに、金を欲しがるようになった。それだけじゃない。おれから、大金を貰うのを、当然に思い始めたんだよ」

「つまり、あんたの弟は、次第に、危険な存在になって来たということだな?」

と、十津川は、確かめるように、きいた。

「そうだ。警察が、弟を、どんな人間に思ったか知らないが、事件のあと、性格が変ったみたいになっていたんだ。人間は、変るんだよ。変えたのは、金さ」

と、星野は、小さく笑ってから、

「おれのいうことを、よく聞く弟が、いつの間にか、うす気味の悪い、得体の知れない人間に、変ってしまったんだ。最初に、金をやったおれが悪かったのかも知れないが、おれは、次第に、弟が怖くなった。あいつが、最初から、ヤクザか何かで、金で、どうにでもなる奴なら、かえって、平気だったかも知れないが、急に、人が変ったみたいになっていたから、怖くなった。どう扱っていいか、わからなかったんだ」

「それで、うちの北条刑事を罠にかけて、あんたの弟を殺すことにしたのかね?」

「ある日、あいつは、電車の中で、一人の美人と出会って、一目惚れしたと、おれに、いって来た。何とか、その女の名前や、住所を調べてくれともね。おれは、前から知っていた探偵社の日野冴子に、頼んで、調べて貰ったんだが、彼女が、警視庁捜査一課の女刑事と知って、びっくりしたよ。冗談じゃないと思ってね。下手をしたら、御殿場での轢き逃げも、安田めぐみを殺したことも、わかってしまうからだ」

「その北条刑事を、罠にはめようとしたのは、なぜなんだ？」

と、十津川は、きいた。

「日野冴子が、女刑事に、瓜二つの女を知ってるといったんだ。よく似ていて、気味が悪いくらいだとね。それで、おれは、彼女に会ってみた。確かに、よく似ていたよ。多少の違いはあるが、そんなものは、化粧で、修正できる。そう思った時、彼女を使って、弟を殺す計画が、頭に浮んだんだ。北条という女刑事を、犯人にする計画がね」

「彼女の名前は？」

と、亀井が、きいた。

「聞いてどうするんだ？　彼女は、もう、日本にいないよ」

「やはり、海外に、逃がしたのか？」

「金と、海外へ行かせることが、彼女の協力の条件だったからね。彼女には、五百万円やり、海外へも、約束どおり、行かせてやったよ」

4

「ブルートレイン『富士』の車内で、あんたの弟を殺したのは誰なんだ？」

と、十津川は、きいた。

「あの女に、五百万円もやったんだ。それだけでも、誰が殺したかわかるんじゃないか」

と、星野は、いった。

「あんたの弟の出した手紙で、北条刑事が、必ず、『富士』に乗ると、思ったのかね？」

亀井が、きく。

星野は、ニヤッと笑って、

「おれは、刑事というものを、研究したんだ。普通の刑事だろうが、女刑事だろうが、詮索（せんさく）好きは、変らない。謎があれば、猶更（なおさら）だ。北条刑事だって、自分の知らないところで、見合いや、結婚話が、進行しているとなれば、どういうことなんだと、思うのは、当然だ。相手の男が、どんな人間なのか、必ず、知りたいと思う筈だ。だから、絶対に、『富士』に、乗ってくると、信じたよ」

「あの手紙は、あんたが、弟に書かせたんだな？」

「ああ、そうだ。ああいう手紙を出せば、必ず、北条刑事は、『富士』に乗ってくるといってやったんだよ。夜行列車は、女をくどくには、最適の場所だとも、いったら、弟は、喜んで、おれのいう通りにした。そのあとは、おれの計画通りに進行した」

「刑事を罠にかけるのが、楽しかったみたいだな？」

と、亀井が、眉をひそめて、きいた。

「刑事が好きな奴なんて、いるかね？」

と、星野が、肩をすくめた。

「そのあと、日野冴子と、彼女の元の夫の三村も、殺したんだな？」

亀井が、追及した。

ここまでくると、星野は、覚悟を決めたという感じで、

「わかったよ」

と、ひとりで肯いてから、

「あの女探偵も、最初は、こっちの渡した礼金で、満足していたんだ。ところが、ある時点から、急に、欲が深くなった。きっと、元の亭主の三村が、けしかけたんだろうと思ったよ。五百万も、やったのに、もっとくれといい出したんだ。こうなると、際限がない。殺すより、仕方がなくなってくる」

「まず、日野冴子を殺して、次に、三村泰介だな?」

「彼女を殺して、ほっとしていたら、今夜は、三村が、電話して来たんだよ。腹が立つよりも、次々に、妙な奴が現われるので、正直、うんざりした。どこまで、続くのだろうかと思ったよ」

と、星野は、いい、小さな溜息をついた。

「犯罪とは、そんなものさ。一人の口を封じると、その犯罪を隠すために、また一人、殺さなければならなくなるんだ」

亀井が、憐れむように、星野を見て、いった。

「だから、三村は、おれ自身手を下さずに、息の根を止めてやったんだ。奴は、勝手に死んだようなものだよ。欲に目が眩んでね」

5

十津川は、秋田県警に、連絡を取り、事情を、説明した。

星野功は、妻の雅子殺しの容疑で、逮捕され、連行されていった。

十津川は、亀井を、県警本部に同行させておいて、自分は、一足先に、東京に、戻った。

三上刑事部長と、本多捜査一課長に、事件が、終ったことを、報告するためだった。

星野が、自供したテープを、十津川は、コピーして、下関署に、送った。

北条刑事は、現在、殺人容疑で起訴されているから、すぐには、釈放されないだろうが、山口地検の検事は、起訴を、取り下げる可能性もある。

その方向に向って、圧力をかけるため、十津川は、三上部長と一緒に、記者会見を開き、星野の自供の詳細を、発表した。

マスコミも、現金なもので、十津川を厳しく批判していたのが、急に、警察と十津川を、支持するようになった。

掌（てのひら）を返すとは、こういうことをいうのだろう。だが、十津川は、別に、驚きはしなかった。社会というか、マスコミが、警察を見る眼が、どんなものか、よく知っているからだった。

テレビと、新聞は、今度の事件の「真相」を、派手に報道した。

亀井が、秋田から戻って来た。

「向うでの取調べがすみ次第、星野功の身柄を、こちらに、引き渡してくれるそうです」

と、亀井は、十津川に、報告してから、

「例の手紙は、もう、届いたんじゃありませんか?」

と、きいた。

「例の手紙って?」

「星野雅子が、後生掛温泉から出した手紙のことですよ。警察宛に、出した手紙です。実は、秋田県警で、星野に、最後に会ったとき、彼が、その手紙を、ぜひ、見たいといっていたんです」

「手紙は、ここにあるよ」

十津川は、背後のキャビネットを開け、そこから、一通の封書を取り出して、亀井の前に置いた。

亀井は、それを、手に取りながら、

「夫の星野功を告発する内容ですか?」

と、きいた。

十津川は、微笑して、

「まあ、読んでみたまえ」

「警部のいわれた通り、速達になっていますね」

と、いいながら、亀井は、部厚い手紙に、眼を通していった。

便箋九枚に、小さな字で書かれた長い手紙だった。

十津川は、その間、口を挟まず、黙って、見守っていた。

亀井は、読み終ると、当惑した表情になって、

「警部。これは――」

「意外だったかね?」

「最初から、最後まで、雅子は、全て、自分がやったことで、夫の功は、無実だと、いっているだけです」

「その通りさ」

「しかし、警部。星野は、妻の雅子が、自分を、裏切ったと思って、殺してしまったんでしょう? この内容を知っていたら、殺さなかったんじゃありませんか?」

と、亀井が、不思議そうに、いった。

「そうだろうね」

「雅子は、なぜ、星野を、刺戟(しげき)するようなことを、いったんでしょうか?」

「彼女は、五年前、自分が運転して、子供を轢き殺してしまった。そのあとの殺人は、全て、自分を助けるために、夫が、止(や)むなくやったことだという負い目があったと思うね。だから、最後まで、夫を守る気でいたんだ。ただ、夫が、新しい女を作っていたことを知

って、ショックを受けた。それで、あの温泉で、夫に会った時、思わず、一言、脅したくなったんだろうね。その時、星野が謝れば、すぐ、この手紙の本当の中身を、いったろうと思う。それなのに、星野は、カッとして、雅子を、殺してしまったんだ。彼は、常に、いつか、雅子が自分を裏切るのではないかという不安に怯(おび)えていたこともあったんじゃないかね」

「砒素を飲まされながら、夫のことをかばっていた雅子なのに、信じられなかったんでしょうか?」

「そこが、人間の弱いところだろうね」

と、十津川は、いった。

亀井は、もう一度、雅子の手紙に、眼を落して、

「これを、星野に見せてやったら、どんな顔をするでしょうかね?」

「星野は、死刑だろう?」

「そう思います。何人も殺していますから」

「死んでいく男に、この手紙を、見せた方がいいと思うかね?」

と、十津川は、きいた。

「残酷すぎますか?」

「かも知れないし、星野は、妻の雅子だけは、最後まで自分を愛してくれていたと知って、ほっとするかも知れない。それで、迷っているんだよ」

と、十津川は、いった。

本書は平成元年二月に、カドカワノベルズとして、平成三年七月に角川文庫として刊行されました。

特急「富士」に乗っていた女

一〇〇字書評

切り取り線

購買動機（新聞、雑誌名を記入するか、あるいは○をつけてください）	
□（　　　　　　　　　　　　）の広告を見て	
□（　　　　　　　　　　　　）の書評を見て	
□ 知人のすすめで	□ タイトルに惹かれて
□ カバーが良かったから	□ 内容が面白そうだから
□ 好きな作家だから	□ 好きな分野の本だから

・最近、最も感銘を受けた作品名をお書き下さい

・あなたのお好きな作家名をお書き下さい

・その他、ご要望がありましたらお書き下さい

住所	〒				
氏名		職業		年齢	
Eメール	※携帯には配信できません	新刊情報等のメール配信を 希望する・しない			

この本の感想を、編集部までお寄せいただけたらありがたく存じます。今後の企画の参考にさせていただきます。Eメールでも結構です。

いただいた「一〇〇字書評」は、新聞・雑誌等に紹介させていただくことがあります。その場合はお礼として特製図書カードを差し上げます。

前ページの原稿用紙に書評をお書きの上、切り取り、左記までお送り下さい。宛先の住所は不要です。

なお、ご記入いただいたお名前、ご住所等は、書評紹介の事前了解、謝礼のお届けのためだけに利用し、そのほかの目的のために利用することはありません。

〒一〇一-八七〇一
祥伝社文庫編集長　坂口芳和
電話　〇三（三二六五）二〇八〇

祥伝社ホームページの「ブックレビュー」からも、書き込めます。
http://www.shodensha.co.jp/bookreview/

祥伝社文庫

特急「富士」に乗っていた女

平成25年2月20日　初版第1刷発行
平成27年9月5日　　　第3刷発行

著　者　西村京太郎

発行者　竹内和芳

発行所　祥伝社
東京都千代田区神田神保町3-3
〒101-8701
電話　03（3265）2081（販売部）
電話　03（3265）2080（編集部）
電話　03（3265）3622（業務部）
http://www.shodensha.co.jp/

印刷所　萩原印刷
製本所　ナショナル製本
カバーフォーマットデザイン　芥　陽子

Printed in Japan ©2013, Kyotaro Nishimura　ISBN978-4-396-33813-8 C0193